さくら、ひかる。
小森香折 作
絵 木内達朗
BL出版

さくら、ひかる。

序幕《じょまく》

（こんなにおそくなるつもりじゃなかったのに）

北風に背中《せなか》を押《お》されるように、少女は道をいそいでいた。

ほかのふたりとは呉服屋《ごふくや》の通りでわかれた。ここから家までは暗い道をひとりきりだ。遊ぶのにむちゅうで、日が暮《く》れたのに気がつかなかったのだ。

少女は後悔《こうかい》していた。もっと早く、ものかげがさわさわとあやしい気配《けはい》をはなちはじめる前に帰ることはできたのに。

ほんとうは心のどこかで期待していたのだ。遊びに行った家のおばさんが「もう暗いから送ってあげるわね」といってくれることを。けれどおばさんは少女が帰宅《きたく》を告げると、さばさばしたような笑顔《えがお》をむけた。おばさんはこちらが「帰る」といいだすのを待っていたのだ。そのことを考えると、はずかしさとくやしさで、寒さがよけい身にしみた。

ざわざわと音を立てる木立《こだ》ちを見まいと、いっしんに地面を見て先をいそぐ。少女は知っていたのだ。夜が訪《おとず》れると、木が背伸《せの》びをして、昼間よりぐんと高くなることを。

ひたひたひたひた。

あの音はなに？　少女はえりもとをつかんだ手に、ぎゅっと力をこめた。なにかえたいの知れないものが、自分を追ってくる。そういうこわい夢《ゆめ》を、その子はよく見るのだ。

それにしてもこんなときにかぎって、通りかかるおとながひとりもいないとは。

ひたひたひたひた。

つめたい風が少女の髪《かみ》を巻《ま》きあげた。そのひょうしに、なにか毛むくじゃらのものがうなじをつついた。わあっと声をあげ、少女はかけだした。

（桜坂《さくらざか》まで行けば。大桜《おおざくら》さえ見えれば）

家の近くにある坂道をめざして、その子は矢《や》のようにかけた。おみやげにもらった菓子《かし》のつつみを落としたことにも気づかずに。

さくら、さくら、さくらのところまで。

少女にとって桜坂《さくらざか》、大きな桜の木が立つ坂道は家の門にひとしかった。こわい夢《ゆめ》のなかでも、桜坂までくれば、自分はぜったいに安全だった。

ようやく桜坂が見え、そこに人影《ひとかげ》があるのをみとめて、少女は胸《むね》をなでおろした。自分の帰りがおそいのを心配して、誰《だれ》かがさがしにでてくれたのだ。ひたひたとうしろにせまっていたあやしい気配が、ふっとたじろぎ、遠のいていくのがわかる。

人影に声をかけようとして、少女はふとためらった。なんだろう。なにかがおかしい。

目をこらすと、誰かがあかりを手にしているのではないことがわかった。そのひとじしんが、ほのかなひかりにくるまれているのだった。よく見れば片足《かたあし》がない。いや、残る片足が樹《き》の根方《ねかた》からするりと顔をだした。

少女は、男とも女ともつかぬそのひとの美しさに圧倒《あっとう》された。顔だちが整《ととの》っている、というだけではない。なにか近寄《ちかよ》りがたいほどの威厳《いげん》と気高《けだか》さが感じられるのだ。少女は、そういうひとに会ったことがなかった。

丈《たけ》の高いそのひとがまとっているのは、うすい桜色《さくらいろ》のかろやかな衣《ころも》。音もなく、そのひとは坂道をのぼりはじめる。

（まるで木のなかからでてきたみたい。あれはほんとに、ひとだろうか。桜の精《せい》じゃないのかしら）

少女は闇《やみ》にまぎれて、そろそろとあとをつけた。胸《むね》をしめつけられるような静けさが、あたりをおおっている。自分の庭のような場所が、まるで見知らぬところに思えた。

桜坂《さくらざか》をのぼると、そこは柳《やなぎ》がならぶ四《よ》つ辻《つじ》だった。少女は一本の柳にかくれて様子をうかがった。すると闇《やみ》をかきわけて、おなじようなうす衣《ごろも》をまとったひとが三人あらわれた。すべるような足どりは、やはりこの世のものとは思えない。少女は柳《やなぎ》のうしろにぴたりと身を寄せた。

あつまった四人はおなじようにひかりをはなっていた。背《せ》かっこうはまちまちでも、どことなく似ている。

(あな、ひさしや、北のきみ)

(あな、ひさしや、西のきみ)

(南のきみも、ご無事でのう)

四人は風にそよぐようにからだをゆらした。声をあげているとも思えないのに、少女には話が聞こえてきた。

(さて、東のきみには、なんとお慰《なぐさ》めすればよろしいやら)

そういわれて頭をたれたのは、いちばんほっそりとしたひとだ。

(このたびはわたくしの力およばず、みなさまにはおわびの申しようもございませぬ)

（いや、東のきみ。なにもそなたに咎《とが》はなきこと）

（さようじゃ。桜巫女《さくらみこ》をつぐものもなく、どうして方陣《ほうじん》を守ることができようか。日に日にわれらの力は衰《おとろ》えてゆくばかり）

（きゃつらのねらいはそなたというより、常世《とこよ》の里《さと》に入りこみ、里を荒廃《こうはい》させること。そなたのつぎには、きっと西のわらわがねらわれる）

（そのようなことになれば、この世の桜《さくら》もいずれ空《むな》しくなりましょう。なんとしても踏《ふ》みとどまらねば）

聞き耳を立てながら、少女はいぶかしんだ。なにやらわからないが、深刻《しんこく》な話らしい。

（くちおしや。東のきみが伐《う》たれるというに、なにも打つ手がないとは）

（これも時の流れというもの。桜巫女の祝《いわ》い歌《うた》がこの地に響《ひび》くこともない。滅《ほろ》びていくのがわれらの運命《さだめ》）

うなだれていた「東のきみ」が、すっとおもてをあげた。

（南のきみ、それはあまりに気弱なお言葉。たしかにわたくしの現《うつ》し身は、まもなく滅《ほろ》びましょう。されど方陣《ほうじん》を守るはわれらの務《つと》め。どのようなことをしても、わたくしは転生《てんせい》を果《は》たす所存《しょぞん》でございます）

ほかの三人は押《お》しだまり、ふたたび沈黙《ちんもく》があたりをおおった。東のきみのかぼそい肩《かた》が、ぼうっとひかる。少女も、なにか泣《な》きたいような気分にかられた。

大桜からやってきた「北のきみ」が口をひらいた。

（東のきみのおっしゃるとおりじゃ。おのおのがた、のぞみを捨ててはなりませぬぞ。よきものはけして滅びぬ。いま種は深くに眠《ねむ》るとも、いずれあたらしき花がふるき枝《えだ》に咲《さ》くこともありましょう）

四人はうす衣《ごろも》をはためかせ、ひらひらと舞《ま》いはじめた。柳《やなぎ》をわたっていく夜風が、笛《ふえ》のような音色をかなでる。美しいひとたちは、歌いながら舞い踊《おど》った。

（生まれては消え）
（消えては生まれ）
（光は影《かげ》に）
（影は光に）
（いれかわるかわるいれかわる）
（常世《とこよ》の里《さと》のたよりとて）
（この世の春にたまこめて）
（みごと夢《ゆめ》を咲《さ》かせましょうぞ！）
幕《まく》が落ちるように、すとんと四人の姿《すがた》が消えた。
柳《やなぎ》にすがってふるえる少女の黒髪《くろかみ》に、ひとひらの花びらが、流れて落ちた。

1

「吉井《よしい》希世《きせ》」

　苦手な英語であてられて、希世はびくんとした。どうして、ぼうっとしているときにかぎってあたるのだろう。英作文が先週あたったばかりなのに。

「吉井さん？」

　内田先生がまた呼《よ》んだ。希世は助けを求めるように、となりの席の亜楠《あなん》を見た。亜楠が小声で「わからない」といった。

（うそ。亜楠にわからないんなら、わたしにわかるわけないじゃない）

「吉井さん、返事くらいしてくれる？」

内田先生の声がとがる。希世《きせ》はあせって教科書をぱらぱらめくった。それこそ、なにを質問されているのかさえわからない。

シャープペンでこつこつと机《つくえ》をたたいて、亜楠《あなん》がささやく。「わからないって意味だよ。I cannot catch……」

「わたしは望月《もちづき》さんじゃなくて、吉井《よしい》さんにあててるんだけど」内田先生が腰《こし》に手をあてた。「吉井さんはどうして自分で答えないわけ？　わからないなら、『わかりません』っていえばいいじゃないの」

どう答えていいかわからず、希世はすがるように亜楠を見る。亜楠が肩《かた》をすくめた。

留学経験《りゅうがく》のある内田先生はつけつけといった。

「アメリカじゃそんな態度《たいど》は通用しないわよ。相手の顔を見てイエスかノーかはっきりいえなきゃ、コミュニケーション能力《のうりょく》があるとはいえないんだから」

お得意の説教がつづきそうになったところで、チャイムが鳴った。

内田先生が教室からでて行くと、希世はきゅうに元気になった。

「内田ってむかつく。なにかっていえばアメリカじゃどうこうっていうんだから。ここは日本だっちゅうの」

「まあね」と亜楠《あなん》。「でも内田がいらつくのも無理はないっしょ」

(え？　それって、亜楠もわたしにいらついてるってこと？)

希世《きせ》の顔がくもりかけたとき。

「きゃあああっ！」

おおげさな悲鳴があがり、希世は顔をむけた。騒《さわ》いでいるのは、ぽってりした顔に眼鏡《めがね》をかけた米倉満喜《よねくらまき》だ。

「いやあ、もうっ、気持ち悪い。なんとかして！」

「うっぜえなあ。騒ぐなって」

大柄《おおがら》な稲尾善行《いなおよしゆき》がのっそりと立ちあがる。ほかのみんなもなにごとかと注目した。

「なに？　虫？」

「クモだよ、クモ」

教室には、ときおりありがたくない侵入者《しんにゅうしゃ》があるものだ。この日の客は赤と黒のまだらグモだった。クモはすばしこく床《ゆか》を逃《に》げまわっている。米倉満喜《よねくらまき》がまた悲鳴をあげた。

「ちょこまかすんじゃねえよ」

稲尾善行《いなおよしゆき》は目を細めてクモを追い、ごつい上履《うわば》きでふみつけた。希世《きせ》ははっとした。追いだすのではなく、クモを殺す気なのだ。

クモはあやうく難《なん》をまぬがれたが、隅《すみ》に追いつめられてしまった。善行の顔に、うっすらと笑《え》みがうかぶ。

「やめて！」

思わず、希世は声をあげていた。ふみつけようとしていた善行の足が止まる。クモは間一髪《かんいっぱつ》で逃げのびた。

ひとりの男子生徒が、静かに腕《うで》を伸《の》ばしてクモをすくいあげた。

安藤寿和《あんどうとしかず》という、めだたない生徒だった。寿和はクモをそっとつまみあげ、無表情のまま外へ逃《に》がした。

そしてなにごともなかったように、すとんと自分の席につく。教室のみんなはなんとなく気圧《けお》されて、寿和《としかず》を見つめた。善行《よしゆき》がなにかいいかけると、数学の先生が教室に入ってきた。

希世《きせ》はいそいで席についた。ちらりと、善行がおもしろくなさそうな視線《しせん》を希世にむける。

(うわ、やばい。あたしったら、なんで稲尾《いなお》ににらまれるようなこといっちゃったんだろう)

亜楠《あなん》が、からかうように希世にいう。

「稲尾相手に、お見事でした」

「だって、クモを殺そうとするんだもの。『クモを殺すとたたられる』のに」

は?という顔をした亜楠を見て、希世は舌《した》をかんだ。

「もしかして、これもうちだけのことわざ?」

亜楠《あなん》は肩《かた》をすくめた。

「辞典調べなきゃわかんないけど。少なくとも聞いたことはないね」

希世《きせ》はやれやれと思った。活字中毒の亜楠が聞いたこともないのなら、また「わが家だけのいい習わし」リストがふえたことになる。

(ああもう。どうしてお母さんは、あたしにでたらめなことわざばっかり教えこんだんだろう。ほんとに、わが家の常識は世間の非常識《ひじょうしき》だ)

授業が終わると、亜楠が希世に声をかけた。

「今日は新聞部ないんだ。希世、駅までいっしょに帰ろうよ」

「あ、うん」

「図書室に本返してくるから、ちょっと待ってて」

「じゃあ中庭で待ってる。いそがなくていいからね」

亜楠は片手《かたて》をあげ、きびきびと教室をでて行った。

希世は二年生の教室のある新校舎の階段《かいだん》をおりて、中庭へむかった。戸定《とじょう》中学は創《そう》立《りつ》百年をこえるふるい私立校《しりつこう》だ。増築《ぞうちく》や新築がくり返された校舎は入り組んでいて、新入生はたいてい迷子《まいご》になる。けれど希世《きせ》はところどころにある、旧校舎の面影《おもかげ》が残る場所が好きだった。

(ちょっと洋館ふうっていうのかな。レトロでいい感じ。のっぺりした新校舎なんか作らないで、ぜんぶこの雰囲気《ふんいき》で統一すればいいのに)

希世は目を閉《と》じて、理想の校舎を思い描《えが》いてみる。煉瓦造《れんがづく》りの重厚な校舎。つやつやとひかり、こった彫《ほ》りもののある木の階段《かいだん》。

(うん、素敵《すてき》素敵。だけど現実はちがうのよね。きっと予算がないんだろうなあ。残念。わたしが大金持ちだったら、たっぷり寄付しちゃうんだけど)

渡《わた》り廊下《ろうか》にかこまれた中庭は、希世のお気にいりの場所だった。ひいきめにいえばヨーロッパの街《まち》にあってもおかしくない水盤《すいばん》が、花壇《かだん》の中央におかれている。いまは十一月で花壇もさむざむしい。そのせいか、中庭には誰《だれ》もいなかった。

希世は水盤に近寄った。ちろちろと水がわきだし、水面に落ちた木の葉がゆれている。にきびのできた自分の顔がうつり、希世《きせ》は指先で水面をはじいた。
希世は水盤《すいばん》のまわりを一周した。自分でも気がつかないうちに、ハミングをしながら。
なにげなく顔をあげた希世は、まばたきをした。
水盤をはさんで、いつのまにかひとが立っていたのだ。

2

（うわ、びっくりした。いつのまに）

立っていたのは、さっきクモを逃《に》がした安藤寿和《あんどうとしかず》だった。水盤《すいばん》に両手をひたして、瞳《ひとみ》を閉《と》じている。

希世《きせ》は寿和とはろくに口をきいた記憶がない。無口で、成績はよくも悪くもない男子。ゆれる緑の水面が、ほっそりと色白な顔にうつっている。

寿和は目をあけて希世を見た。視線《しせん》があった希世は、なぜか、ぱっと顔をそらしてしまった。

水盤から手をだして、寿和はぬれた手のまま髪《かみ》をかきあげた。

「吉井《よしい》さんのおかげで、クモは命びろいしたね」

「わたしの?」

クモを逃《に》がしたのはそっちじゃないか、と希世《きせ》は思う。

「そうだよ。吉井さんのひと声で、稲尾《いなお》はクモを殺すことができなかったんだ」

「そんなことないよ」

力をこめて希世は否定《ひてい》した。そんなふうにいわれたら、善行《よしゆき》に目をつけられてしまう。善行は自分の思いどおりにならないと、ねちねちしつこいタイプなのだ。

「吉井さん、クモは平気なんだ」

「うーん。ていうか、母親のせいなの。うちの母親って、かってにことわざ作っちゃう名人だから。『クモを殺すとたたられる』とか『桜《さくら》を切るとひとが死ぬ』とか。でたらめだってわかってても、子どもの頃《ころ》から聞かされてると、やっぱりいい気しなくて」

(やだ、わたしったらなにやってんだろう)と希世は思った。ろくに話したこともない男子に、ぺらぺらとつまらないことをしゃべってる。「わけわかんねえ」とかいわれるだけなのに。

ところが寿和《としかず》は、きまじめな顔でいった。

「ぼくも聞いたことがある」

「え?」

「桜《さくら》を切らばひとが死ぬ。クモを殺さばたたられる」

「ほんと? まじで?」希世は声をはずませた。(やった。亜楠《あなん》にいってやろ。なあんだ、そういうことわざがちゃんとあるんじゃない)

寿和は、きみょうな顔つきで希世を見ている。

「吉井さんのお母さんて、結婚《けっこん》する前はなんて名字だったの?」

「榊原《さかきばら》だけど。どうして?」

「もしかして、お母さんは伏戸《ふせど》に住んでたんじゃない? 雲湧川《くもわきがわ》の近く」

「うん。いまもそうだけど。え、なんで。どうして知ってるの?」

夕暮《ゆうぐ》れの陽光がひとすじさしこみ、水盤《すいばん》の水がきらきらひかる。

「吉井《よしい》さんのお母さんは、もしかしたらぼくの母を覚えてるかもしれない」

「え？　ああ、お母さんもここに通ってたんだ」

希世《きせ》の母も戸定《とじょう》中学の卒業生だった。在校生には親の代から通っている生徒が少ない。希世がひとりで納得《なっとく》していると、寿和《としかず》がいった。

「母の旧姓《きゅうせい》は川辺っていうんだ。川辺寿子《かわべとしこ》。お母さんに聞いてごらんよ。昔、神かくしにあった子のことを」

（神かくし？）

希世がきょとんとしたときだ。

ぽつり。

希世の顔に雨粒《あまつぶ》があたった。顔をふりあげると、空は晴れているのに、ぱらぱらと雨が落ちてくる。

（キツネの嫁入《よめい》り）

お天気雨のことだ。この表現は辞書にものっていた。そういおうとした希世は、寿和の様子がおかしいのに気づいた。顔面が蒼白《そうはく》になり、肩《かた》をふるわせている。ひっ、ひっ、と苦しげにのどが鳴る。きゅうに呼吸《こきゅう》ができなくなったらしい。

「やだ、だいじょうぶ?」

もちろんだいじょうぶではなかった。のどもとに手をやり、寿和《としかず》はがくりとひざを折《お》る。

「うわ、ど、どうしよう、ね、どうしたらいい?」

息ができずに倒《たお》れこんだ寿和を見て、希世はあわててしまった。寿和は顔をゆがめてもがいている。

「どうしたの?」

通りかかった生徒が声をかけてきた。クモ騒《さわ》ぎの張本人、米倉満喜《よねくらまき》だ。満喜はしゃがみこみ、寿和をゆすった。

「ちょっと、だいじょうぶ? しっかりして、安藤《あんどう》くん!」

「ずいぶん苦しそうじゃないか」

いっしょにやってきた稲尾善行《いなおよしゆき》も、いかついからだをかがめて、寿和《としかず》の顔をのぞきこんだ。

「なにかの発作《ほっさ》らしいな。救急車を呼《よ》んだほうがいいんじゃないか？　おい、安藤《あんどう》、がんばれよ！」

寿和はからだをひくつかせてあえいでいる。見ている希世《きせ》まで、息が苦しくなってきた。なにもできないでいる希世のうしろで、声があがった。

「なにやってんの！」

かけこんできたのは亜楠《あなん》だ。

「過呼吸《かこきゅう》だよ。どいてどいて！」

亜楠は手さげ袋《ぶくろ》から本をふり落とし、さっと空気を入れて、寿和の口もとにあてがった。

「ずいぶん慣《な》れてるな、国連。家族に病気持ちでもいるのか？」

善行が、亜楠が大きらいなあだ名で呼ぶ。亜楠は相手にしなかった。

「希世《きせ》、保健の先生呼《よ》んできて！」

「あ、うん」

なにごとかと集まってきた生徒たちをかきわけて、希世は保健室へかけだした。

糸をたらした一匹《いっぴき》のクモが、その様子を見ていた。

3

「そんな心配する必要ないって」

亜楠《あなん》が、希世《きせ》をつついた。

「だって、目の前でひとが倒《たお》れるなんて初体験《はつたいけん》だったんだもん」

亜楠とふたりで商店街《しょうてんがい》を歩きながら、希世は何度も学校をふり返った。

「もう落ち着いてたじゃない。いまどき過呼吸《かこきゅう》なんて、めずらしくもないよ。それより、なんでよりによってあのメンバーが中庭に集まってたわけ?」

「集まってたわけじゃないよ、偶然《ぐうぜん》だってば」

「偶然ねえ」

亜楠は納得《なっとく》のいかない顔だ。希世は寿和《としかず》のことが心配だった。家のひとが迎《むか》えにくる様子はなかった。「ごめん。もう平気だから」といった寿和の、血《ち》の気《け》のない顔が思いうかぶ。

「問題はあのふたりだよ。希世、聞いてる?」

「あ、うん」

「稲尾《いなお》と米倉《よねくら》。あいつら、ふたりして安藤《あんどう》の胸《むね》を押《お》さえこんでた。あれ、過呼吸《かこきゅう》の患者《かんじゃ》にぜったいやっちゃいけないことなんだよ。どうも悪意が感じられるね。あいつら、わざとやったんじゃないかな」

将来《しょうらい》は新聞記者になって「正義のためにペンでたたかう」と自負《じふ》している亜楠は、希世から見ると疑《うたぐ》り深いところがある。

「考えすぎじゃない? ふたりとも心配してたよ。稲尾にも、いいところがあるんだなって思ったけど」

「でた。希世のおひとよし。稲尾のどこがいいひとだよ。だいたいあいつの家って、さんざんきたない商売してやがるんだから」

「そうなの？」

「そうだよ。稲尾建設《いなおけんせつ》っていや、もうけ主義で手ぬき工事しまくって、最低の会社なんだから」

いきおいこんで亜楠《あなん》はいった。「だいたいさ……」

「あ、ここ、やっとできたんだ」

完成しかけた店の前で、希世《きせ》は足を止めた。亜楠はひそかなため息をついて、飲食店らしい店に目をむける。内装品《ないそうひん》がつぎつぎに運びこまれているが、どれもアンティックで、品のいいものばかりだ。

「ふうん」。亜楠は店をのぞきこんだ。「できればスタバのほうがよかったんだけど。ま、趣味《しゅみ》は悪くなさそう」

亜楠のうしろから、希世も遠慮《えんりょ》がちに店内をのぞきこむ。

「かっわいいなあ。彼女《かのじょ》たち、中学生？」

搬入《はんにゅう》をしていたお兄ちゃんが声をかけてきた。金髪《きんぱつ》というより、まっしろに染《そ》めた髪《かみ》。ブラックジーンズに朱赤《しゅあか》のシャツを着て、金のピアスをつけている。二十歳《はたち》はとうに超《こ》えているだろう。いかにもかるそうな、いまどきの若者《わかもの》に見えた。

希世は（まただ）と思った。亜楠と歩いていると、ナンパされることがよくある。言葉づかいや性格はともかく、亜楠はばっちりアイドル系《けい》のルックスなのだ。もっとも、亜楠に声をかけた芸能プロダクションのスカウトマンは、逆にさんざん取材されてしまうのだが。

その亜楠があごをしゃくって、白髪《はくはつ》頭《あたま》の若者を見あげた。

「そりゃ、セーラー服を着たＯＬはいないでしょう」

「最高」

若者はかん高い声で、手をたたいた。人のよさそうな笑顔《えがお》だ。

「かわいいしおもしろいから、これあげちゃう」

若者はチケットを数枚《すうまい》さしだした。『カフェ　まほろば』とある。

「今週末にオープンだから、お友だちつれてぜったい来てねぇ」

ドリンクの無料サービス券だった。「では遠慮《えんりょ》なく」と、亜楠《あなん》はチケットを受け取る。

「でも中学生だけで喫茶店《きっさてん》に入れっていうわけ?」

「あれ、戸定《とじょう》中学は校則ゆるいんでしょ。なにごとも生徒の自主性にまかせるって」

「なんだ、よく知ってるんじゃない。でも『まほろば』って、すばらしいところって意味でしょ? 自画自賛はどうかな」

亜楠は肩《かた》をすくめる。若者《わかもの》は「まあ、オーナーが決めたことだから」と、亜楠のまねをして肩をすくめた。

希世《きせ》はいつも感心するのだが、亜楠は初対面のひとの前でも、ものおじすることがない。

希世もサービス券を受け取った。若者の手がさしだされたとき、まくりあげたシャツの袖口《そでぐち》から、ちらりとタトゥーがのぞいた。希世が入《い》れ墨《ずみ》に目を止めたのを見て、若者の目が、いっしゅんひかった気がした。

「おおい、こっち手伝って」

奥《おく》から声がかかった。

「はぁい。それじゃかわい子ちゃんたち、待ってるよぉ」

若者はウインクして仕事にもどった。亜楠がチケットを確認している。

「やった、ケーキセットの券もある。ラッキー。希世、どうかした?」

「亜楠、いまのひとのタトゥー見た? 左腕《ひだりうで》に、クモの入《い》れ墨《ずみ》いれてた」

「へえ、気づかなかった。なんだか今日《きょう》はクモに縁《えん》があるね」

縁という言葉で、希世はまた寿和《としかず》のことを思いだした。

「そういえばね。安藤《あんどう》くんのお母さんと、うちのお母さんって知りあいらしいんだ」

「ふうん。それって、どこからの情報《じょうほう》?」

「安藤くんから。変なことといってた。昔、お母さんが神かくしにあったたって」

「おおい、なんでそんなおもしろい話だまってたんだよ」

「だって、それどころじゃなかったもん」

「いいから、くわしく教えて！」

亜楠《あなん》は顔をかがやかせ、希世《きせ》からことの次第を聞きだした。

「ふん、ふん、おもしろいな。まさしく事件じゃない。神かくしっていうのは、けっきょくのところ行方不明《ゆくえふめい》、失踪《しっそう》事件ってことだからね」

亜楠は、すっかり興味《きょうみ》をひかれたようだ。

「これから？」

「川辺寿子《かわべとしこ》の名前で、データ検索《けんさく》かけてみよう。希世、これからふたりで調べない？」

希世は乗り気がしなかった。勘《かん》のいい亜楠は、希世の顔つきを見て肩《かた》をすくめた。

「テスト勉強のほうが大事って顔してる」

「そんなんじゃないけど……」

「ま、きみはきみの道を行きたまえ。なにかわかったらメールする」

大きく手をふりながら、亜楠は希世と反対側のホームにのぼっていった。

4

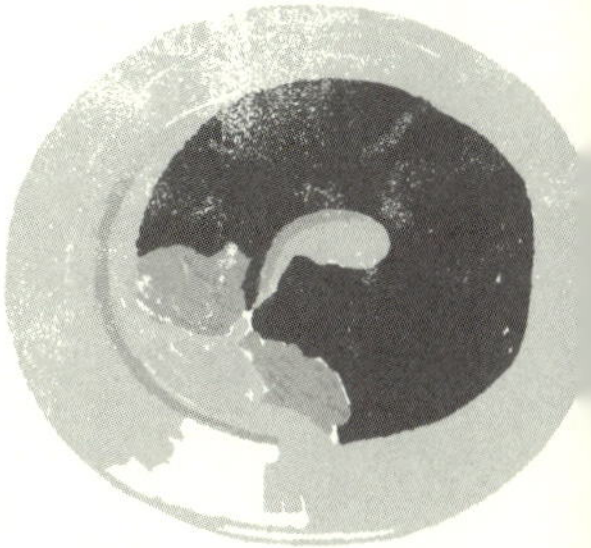

希世《きせ》を乗せた電車は、雲湧川《くもわきがわ》にかかる鉄橋をわたった。ゆったりとした川の流れに、希世は車窓《しゃそう》から目をむける。電車は大きくカーブをえがいて、つぎの停車駅《ていしゃえき》である伏《ふせ》戸《ど》へむかっていた。

希世は伏戸駅でおりた。家は雲湧川の土手にほど近いところにある。駅前から川にむかって歩いていくと、商店街《しょうてんがい》はすぐに終わり、住宅地《じゅうたくち》が広がっている。

この川べりの街《まち》で希世は生まれ育ったのだ。希世の母も、祖母も、代々この街の住人だった。昔は渡《わた》し場《ば》があり、船宿が軒《のき》をならべて、それなりに栄えていたらしい。いまはどこにでもあるような、チェーン店だけが目につく街だ。ふるびた家と新築のマンションが、ごたごたと立ちならんでいる。

人に自慢《じまん》できるような美しい故郷《ふるさと》を持たないことが、希世《きせ》は残念だった。それでも桜坂《さくらざか》に立つ大木の桜が見えると、希世はなぜかほっとするのだった。

いまは葉を落としている大桜も、春になると毎年みごとな花を咲《さ》かせる。ただ惜《お》しいことに、坂道をへだててきたない色のマンションが立っている。

そこは希世の祖父母の家があったところだった。祖父の遺産《いさん》を相続する際に土地は売られ、桜坂の屋敷《やしき》は取りこわされてしまったのだ。やたらとプライドの高い祖母は、雲湧川《くもわきがわ》をのぞむホームでひとり暮らしをしている。

(そういえば、しばらくおばあちゃんのところに顔をだしてないな)

ちらりと罪悪感《ざいあくかん》が胸《むね》をかすめた。

桜坂をのぼれば、ほどなく希世の家だ。

庭つきの一軒家《いっけんや》で、土地はもともと榊原家《さかきばらけ》のものだった。希世の両親が結婚《けっこん》したときに、建物だけあたらしく建てかえたのだ。庭にも桜の木が一本あるが、こちらは見るかげもない。数年前にびっしり毛虫がついたときには、下を歩くと毛虫がふってきた。エンジニアの父は処分《しょぶん》したがっているが、「桜を切ればひとが死ぬ」と、母はがんとしてゆずらない。

「お帰りなさーい、ドーナツがあるわよ」

母が明るい声で迎《むか》えた。食堂は母の趣味《しゅみ》であるフラワーアレンジメントの道具でうめつくされていた。

（ドーナツ？　げえ。油と砂糖《さとう》のダブルパンチじゃない）

希世の母は、おやつを用意するのはいい母親の役目と信じているふしがある。ダイエットしたい希世には迷惑《めいわく》な話なのだが、何度いってもわかってもらえない。ひとの話を聞かないマイペース人間なのだ。

「ほら希世ちゃん、早くうがいして手を洗《あら》ってらっしゃい」

（まったく。十四歳《さい》にもなった人間に、うがいをしろとか手を洗えとかいわないでよね）

おとなしく手を洗《あら》って食堂にもどると、ランチョンマットのスペースだけ片《かた》づいた食卓に、ドーナツが用意されていた。母は鼻歌を歌いながら紅茶《こうちゃ》をいれている。さしだされた砂糖《さとう》の壺《つぼ》を、希世《きせ》は無視《むし》した。

「どうだった？　学校は」

「ふつう」

「ふつうってことはないでしょう。どうなの、そろそろ彼氏《かれし》とかできた？」

「やだもう、そういう話ばっかり」

「だってほかの子は、もうボーイフレンドぐらいいる年でしょう。希世ちゃんはひっこみじあんだから。亜楠《あなん》はどんな子とつきあってるの？」

（あたしの友だちを呼《よ》び捨《す》てにするな）と、希世は心のなかでつぶやく。

「亜楠にもいません。亜楠は新聞部命《いのち》だもん」

「あら、それはそれ、これはこれよ。それにしても、よくあんな素敵《すてき》な女の子が希世ちゃんと友だちになってくれたわねえ。あなた、亜楠のことは大切にしなきゃだめよ。

ひとりじゃなんにもできないんだから」

それは希世もかねがね思っていることだったので、だまってドーナツのかけらを飲みこむ。

「中学生のとき、自分がいかにもてたか」という話を母がしはじめたので、希世はさっさと自分の部屋に行こうとした。けれど、母に聞きたいことがあったのを思いだす。

「そうだ。川辺寿子《かわべとしこ》さんって知ってる?」

「川辺さん?」

「うん。安藤《あんどう》くんっていう子のお母さんなんだけど。その子が、お母さんが知ってるはずだっていうの。昔、神かくしにあったひとなんだって」

「神かくし……」

マグカップを持ちあげたまま、母は考えこんでいる。希世は、母がうまく記憶《きおく》をすくいあげてくれるのを待った。

「トシちゃん!」

母が、ぽんとテーブルをたたいた。

「思いだした。そう。トシちゃん。川辺寿子《かわべとしこ》ちゃん。知ってる知ってる。小学校の同級生だったのよ。雲取神社《くもとりじんじゃ》の裏《うら》に住んでたの」

雲取神社は、土手の近くにあるちいさな社《やしろ》だ。

「親しかったの？」

「おなじ町内だもの、よくいっしょに遊んだわよ。だけどトシちゃんは無口でおとなしくて、誘《さそ》えばついてくるけど、ひとりで遊んでることも多かったわねえ」

「で、神かくしっていうのは？」

「そうそう。あれはねえ。ママが七つのとき、ちがうわ、十歳《さい》のときだったかしらね。トシちゃんが帰ってこないって騒《さわ》ぎになって。警察《けいさつ》だけじゃなく隣組《となりぐみ》のひとたちも総出《そうで》でさがしまわって、雲湧川《くもわきがわ》や裏の川をさらったりしたのよ。トシちゃんのお母さんは取りみだして、そりゃ見ているほうがつらかったわ」

「でも、けっきょく見つかったんでしょ？」

「そう。たしか半月近くして、ひょっこり帰ってきたんじゃないかしら。いなくなった間のことは、なんにも覚えていなくって」

「それで?」

「いろいろうわさもたったし、いづらくなったんでしょうね。しばらくして引っ越《ひこ》していっちゃった。からっぽになった家を見にいったのを覚えてる。あの家も、いまは、あとかたもないけどね」

希世《きせ》の母は思い出にひたる表情になった。

「雲取神社のまわりには、昔はいいお肉屋さんだの、駄菓子屋《だがしや》さんだの、ちっちゃいお店がたくさんあったのよ。駄菓子屋さんのおばさんがやさしくて、よくアイスキャンディーをおまけしてもらったっけ。あのおばさん、いまごろどうしてるのかしら。もう亡《な》くなったかしらねえ」

(へえ。やっぱり「神かくし」はあったんだ。安藤くんのお母さんは、行方不明《ゆくえふめい》の間どうしていたんだろう)

希世《きせ》が考えこんでいると、母がいった。

「トシちゃんねえ、なつかしいわ。それにしても縁《えん》だわねえ。トシちゃんの息子《むすこ》が希世ちゃんとおなじクラスだなんて。いっぺん家につれて来てよ」

(冗談《じょうだん》でしょ)「それより、『神かくし』はいったいなにが原因だったの?」

「ほんとに、なんだったのかしらねえ。そういえばおばあちゃんは、おかしなことをいってたっけ」

「どんなこと?」

「うーん。こんな話すると、またパパにいやがられちゃうけど」

マグカップをのぞきこんで、母はいった。

「『おそろしい。こんなことになったのも、みんな土蜘蛛《つちぐも》のせいだ』って」

「土蜘蛛? なにそれ」

またクモだ、と希世は思う。母は短く切りそろえた爪《つめ》で、ほほをかいた。

「わたしも聞いたんだけど、おばあちゃんは話したくないみたいで、それっきりになっちゃったのよ。ま、クモを殺せばたたられるじゃないけど、悪いことはクモのたたりっていう考え方なんじゃないの？」

母はお気楽にそういったが、希世はなんだかひっかかるものを感じた。

5

そこはほのかに暗く、青いひかりにつつまれたところだった。
夕暮《ゆうぐ》れどきのようだ。ひとりの少女がまりつきをしている。
少女はおかっぱで、まりをつきながらちいさな声で歌っていた。

あのこはわたし　わたしはあのこ
くるりとまわって　かげひとつ
ひるまとゆうべ　とけあうところ
くるりとまわって　かげふたつ

(これは夢《ゆめ》だ)と意識しながら夢を見ることがある。そのときの希世《きせ》もそうだった。

(あの女の子は安藤《あんどう》くんのお母さんで、神かくしにあった子なんだ)と頭の隅《すみ》で思う。

(気にしているから、夢にでてきちゃったんだなあ……)

ふと、少女がまりをつきそこねた。まりはころころと、木の根本にころがっていく。少女が追いかけていくと、ふいと、まりが消えた。

まりを追っていた少女は、木のまわりをとまどったようにさがしている。

ざわっと、大きく木がゆれる。少女が、目を丸くして木を見あげた。

あやしむ希世の目の前を、こい霧《きり》がつつんだ。

ふたたび霧が晴れると、そこにはさきほどの木が根こそぎになって倒《たお》れていた。(桜《さくら》の木だ)と、樹皮《じゅひ》を見て希世は思う。

木はそのままずぶずぶと地面にのみこまれていった。そのあとに、黒いしみが広がる。

むくり。

しみのなかから、毛むくじゃらの手が伸《の》びあがった。

（土蜘蛛《つちぐも》？）

希世《きせ》はぞっとした。その夢《ゆめ》のなかに希世の姿《すがた》はないのだが、思わず見つからないようにかくれたくなる。

黒っぽい影《かげ》のような生き物が、地面からのっそりとはいだしてきた。

（クモ、じゃない）

それはクモではなく、けものだった。とがった顔で、赤くひかる目はつりあがっている。動きがぎくしゃくしていて、ときおり二本足で立ちあがるようなしぐさも見せる。みょうに人間くさいのが、よけい気味悪い。

見ればそのけものはつぎからつぎへとはいだしてきて、わらわらとした黒い一群になった。顔を寄せあい、しゅうしゅうと息をはいている。

「どうする」

「どうする」

「なにやら雲行きがあやしいぞ」

「まずいぞ」

「あのふたりがであうのは」

ひときわからだの大きなものが身をもたげ、赤い目をひからせた。

「あんずるな、手は打ってある。なに、この世はしょせんわれらの天下。やぶれた方《ほう》陣《じん》はもとにもどらぬ。悪あがきしてもムダなことよ」

無数の赤い目が、うなずくようにまたたいた。

（いったい、なんのことだろう）

あの大きなやつがボスらしい。そう思ったとたんに、ボスの様子がかわった。

なにか異変《いへん》に気づいたのか、ふんふんと空気のにおいをかぎ、毛むくじゃらの頭をあちこちに動かしている。つりあがった目が、陰険《いんけん》に細められた。

（気づかれた？）

おののく希世《きせ》に、けものの目がぴたりとあった。

「見たな！」

希世にむかって、黒いけものが飛びかかってきた。くわっとあけた口から、青白い炎《ほのお》がはきだされる。

うなされて、希世は夢《ゆめ》からさめた。

6

引き戸をがらりとあけると、石鹸《せっけん》のにおいがほわんとした。

「いらっしゃい！」

かみそりを手にしたひげのおじさんが、希世《きせ》に声をかけた。「いらっしゃいませ」。湯気《ゆげ》のあがる蒸《む》しタオルを取りだしていたおばあさんも、希世におじぎする。

ここは斉藤《さいとう》理《り》髪店《はつてん》。日曜日の午後。客用の椅子《いす》はふたつだけで、いまは両方ふさがっている。

「すいませんね。ちょっとお待ちください」

「はい。あのこれ、すこしですけど」

希世《きせ》は母からわたされたつつみをだした。

「おや、いつもすみませんねえ」

おじさんが、のれんをたぐって奥《おく》に声をかける。店舗《てんぽ》の奥が、そのまま家になっているのだ。

「おーい、吉井《よしい》さんだよ」

声にこたえて顔をだしたのは、ひげのおじさん自慢《じまん》の奥さんだ。希世はつつみをわたした。

「銀ダラのみそ漬《づ》けです。ちょっとおすそわけって」

「まあまあ。いつもすみません」

おばさんがひっこむと、希世は順番待ちのソファに腰《こし》かけた。床屋《とこや》のおじさんは多《た》趣味《しゅみ》だ。仕切りがわりの水槽《すいそう》には熱帯魚が泳いでいるし、蘭《らん》の鉢植《はちう》えや魚拓《ぎょたく》、手作りの帆船模型《はんせんもけい》がところせましと飾《かざ》られている。町内会野球チームの優勝《ゆうしょう》トロフィーもあるし、水彩《すいさい》の風景画も玄人《くろうと》はだしだ。

希世も母も、この床屋《とこや》の常連《じょうれん》だった。祖父母は先代に世話になっていたのだから、斉藤理髪店《さいとうりはつてん》と榊原家《さかきばらけ》のつきあいは長い。希世は月に一度、顔そりをしてもらっている。希世にとってはあたりまえのことだったので、亜楠《あなん》に「床屋？ 顔そり？ 女の子が？ それってフツーしないよ」といわれたときは、ちょっとしたカルチャー・ショックだった。床屋や美容院へはかならず手みやげを持っていくというのも、ふつうはしないことらしい。

希世が雑誌《ざっし》をぱらぱらめくっていると、いたずら小僧《こぞう》の頭がふたつ、奥《おく》から顔をだした。床屋の息子《むすこ》の、大輝《だいき》と光《ひかる》だ。

ふたりは希世にむかって、あっかんべえをした。希世は顔をくずすのがいやだったので、「いーっ」と歯をむいてみせる。

「はい、お疲《つか》れさんでした」

ひげのおじさんの客が終わった。くりんと丸いごま塩頭の客が、せいせいしたように立ちあがる。やんちゃ息子たちの頭が、号令をかけられたようにひっこんだ。

「まあ一服してってください」

お金を受け取ったおばあさんが、客にタバコの缶《かん》をさしだした。客は立ったまま、うまそうにタバコをくゆらしている。希世《きせ》はタバコのにおいがきらいなのだが、このときばかりは、タバコも悪くないなと思ってしまう。

「お待たせしました」といわれ、希世は年代物の床屋椅子《とこやいす》に座《すわ》る。

月に一度の「床屋タイム」は希世の楽しみだった。しゃかしゃかと泡立《あわだ》てられ、やわらかい刷毛《はけ》で顔に塗《ぬ》られるしゃぼんはふかふかだ。おじさんが皮でカミソリをとぐシャッ、シャッという音も小気味よい。

（こんな楽しみを知らないなんて、亜楠《あなん》も気の毒に）

ひんやりとつめたいカミソリがあたって、ひと皮めくれるように、うぶ毛がそられていく。とくに口のまわりをそられるときの感触《かんしょく》といったら、くすぐったいような、なんともいえないそわそわした気分だ。

（ああ、いやされるなぁ……）

とろとろと、ここちよい眠《ねむ》りにさそわれそうになっていると、メールが着信した。

「すみません」といってポケットから携帯《けいたい》をだす。亜楠からだ。

「いま図書館。失踪《しっそう》事件の記事発見。事件は二十八年前で川辺寿子《かわべとしこ》は当時十歳《さい》。失踪八日目に自宅《じたく》付近で発見。新情報ナシ。つまらん」

返信はあとですることにする。希世が携帯をしまうのを見て、床屋《とこや》のおじさんはいった。

「最近の子は携帯代で月に何万て使う子がいるそうだけど、希世さんもだいぶ使うの？」

「え、あたしはいちおう緊急連絡用《きんきゅうれんらくよう》ってことなんで、基本料金くらいしか使いませんけど」

「ああ、それならいいけどねえ。やたら多機能にして、若《わか》い子たちに金使わせようってのは、あまり感心しないよね」

「おじさん、昔、雲取神社の裏《うら》に住んでた女の子が行方不明になった事件って覚えてます?」

「え?」

「川辺寿子《かわべとしこ》さんって女の子。今から二十八年前の事件なんですけど。新聞部の友だちが調べてて」

「ああ、川辺さんとこのね。そうそう、おじさんが小六の頃《ころ》だから、ちょうど二十八年前だよな。うちの親父《おやじ》や近所のおとな連中がさがすのについてったから、よく覚えてるよ。たしか、一週間くらいいなくなってたんだよねえ」

「みたいですね」

亜楠《あなん》のメールのとおりだ。希世《きせ》の母は「半月」といっていたのだから、ずいぶんいいかげんんだ。

「ひょっこり帰ってきたんですって?」

そういうと、床屋《とこや》のおじさんは首をひねった。

「いや。雲取神社で倒《たお》れてたのが見つかったはずだよ」

と、これも希世の母とは話がちがう。

「どうしていなくなったのか、うわさとかありました?」

「うわさねえ。いなくなった寿子さんてのは、勝手に遊びに行くような感じの子じゃなかったからね。やっぱり、誰《だれ》かにつれまわされてたんじゃないかって話だったけど」

(そうか。土蜘蛛《つちぐも》のたたりなんて話はなかったんだ。お母さんの情報ってあてにならないからなあ。亜楠にも教えなきゃよかった)

おじさんは蒸《む》し器《き》からタオルを取りだして、つるんとなった希世の顔にかぶせた。

「でもなんにせよ、このあたりで事件らしい事件が起きたのははじめてだって、おとな連中はいってたね。だいたいあの頃《ころ》からだよ、このあたりの様子がかわっちまったのは」

鼻だけで息をしながら、希世は聞き耳を立てた。

「ちょうどあの頃に護岸《ごがん》工事をして、土手をまっすぐにしちゃったでしょ? 区画整理だなんだってね。親父も、工事の連中とどなりあいをしたもんだよ。むやみに桜《さくら》の木を切るなってね」

タオルが顔からのけられると、希世《きせ》はたずねた。「桜《さくら》?」

希世の顔にローションをぴたぴた塗《ぬ》りながら、おじさんは答えた。

「雲取神社にふるい桜の木があったのよ。昔は境内《けいだい》がもっと広かったからね。だけど桜のあった地所を売っぱらっちまってさあ。あんな立派《りっぱ》な木を切っちゃ、いいことないってのがわからないのかねえ」

(桜を切ればひとが死ぬ)という言葉を、希世は思いだす。

「はい、お疲《つか》れさま」

さっぱりした希世はブラシをもらって、髪《かみ》をとかした。大きな鏡にうつった顔はむき卵《たまご》のようにつやつやだ。いつのまにかほかのお客も帰ったらしく、店には希世とひげのおじさんのふたりきりになっていた。

「それよりね、希世さん。髪を白く染《そ》めた、若《わか》い男の知りあいっている? こう短い髪をつんと立ててさ、ピアスつけた、派手《はで》な感じの男」

ぱっと、ドリンク券をくれた若者の顔がうかんだ。クモのタトゥーをしていた男。

「なんでですか?」

「ほら、ここで仕事してるとさ、通りがよく見えるのよ」

ひげのおじさんは、目の前の大きな鏡を指さした。鏡は表の通りと平行の位置にある。ガラス戸越《どご》しに、ちょうど自転車が通りすぎていくのが鏡にうつった。

「こないだ希世さんが通りかかったあとに、ここらじゃ見かけない男が歩いていったからさ。ほら、ストーカーだのなんだのって、おかしなやつが多いから。心あたりない?」

希世は気味が悪くなった。どうしてあの男が自分のあとをつけていたのだろう?

「ちゃらちゃらした感じの人でした?」

「うーん」ひげのおじさんは腕組《うでぐ》みをした。「まあ、ぱっと見はいまどきなんだけどね。ただ身のこなしに隙《すき》がなくてね、ありゃあ武術でもやってそうだったけど」

「そうですか。とくに、心あたりないですけど」

「そう？　ごめんなさいよ、こわがらせるつもりじゃないんだけどね。近頃《ちかごろ》はこのへんもぶっそうだから、若《わか》い女の子は用心しないとね。それじゃ、お母さんによろしく。いつもすいませんって。それで、おばあちゃんの具合はどう？」

「あ、べつに、かわりないと思います」

あいかわらず祖母を見舞《みま》っていない希世《きせ》は、うしろめたい思いをしながら答えた。

床屋《とこや》をでると、希世は思わずあたりをうかがってしまった。白髪《はくはつ》の若い男の姿《すがた》はない。

（まさかね。もしかしたら、このあたりに住んでるのかもしれないし……）

と、むりやり自分を納得《なっとく》させる。母に買い物を頼《たの》まれていた希世は、スーパーにむかって歩きだす。

床屋のおじさんも店の鏡をのぞいて、希世をつけている男がいないかたしかめていた。どうやら心配はないようだと、奥《おく》にひきあげようとする。

（桜《さくら》、ねえ。そういえばうちの近くにも、いい桜があったっけ……）

「お茶にする？」と奥《おく》から声がかかったので、おじさんにうかびかけた記憶《きおく》は、またゆらゆらと沈《しず》んでしまった。

その頃《ころ》、希世は桜坂にさしかかっていた。

（あ、そうだ。亜楠《あなん》にメールしなきゃ）

携帯《けいたい》を取りだしながらふと前を見て、希世の足が止まった。

7

(大桜《おおざくら》がひとを抱《だ》きしめている)

いっしゅん、希世《きせ》にはそう見えた。桜の枝《えだ》が腕《うで》のように伸《の》ばされ、やさしくひとをつつみこんでいる。

もちろん、ほんのいっしゅんの錯覚《さっかく》にちがいなかった。まばたきをしてみれば、桜がひとを抱いているのではなく、抱きつくように桜の木にもたれているひとがいるのだった。

安藤寿和《あんどうとしかず》だ。うっとりと目を閉《と》じて、桜の木に腕をまわしている。

寿和はゆっくり目をあけた。はずかしがる様子もなく、希世にほほえみかける。

「安藤くん、なにしてるの？」と希世はいった。

「樹液《じゅえき》の音を聞いてたんだ」と寿和は答えた。「血液が流れるみたいに、樹《き》の音がするんだよ」

そういわれて、希世も桜の木に耳をつけてみる。

「なにも聞こえない」

ばかばかしくなって、希世はからだをはなした。

寿和も桜からはなれる。夢《ゆめ》でも見ているような、恍惚《こうこつ》とした表情だ。

「だいじょうぶ？」と希世は聞いた。中庭で倒《たお》れて以来、寿和は学校を休んでいた。

「うん。この間はどうもありがとう。もういいんだ。あれから、ちょっと風邪《かぜ》ひいてただけだから」

「ああいう発作《ほっさ》、よくあるの？」

寿和は首を横にふった。いたましそうに、桜の木を見あげる。

「この樹は病《や》んでるね」

「そう？　そんなことないと思うけど。今年の春も満開できれいだったよ」

「でも弱ってる。それでも、ぼくに力をくれた。知ってる？　木を抱《だ》きしめると元気になるんだよ。木は『気』をくれるから」

安藤《あんどう》くんてかわってる、と希世《きせ》は思った。（おとなしそうな顔して、けっこうアブナイ系《けい》入ってるかも）

「で、こんなとこでなにしてるの？」

「母さんの実家があったところを見に来たんだ」

「あ、そうなんだ。でも、もとの家ってもうないらしいよ」

「だいたいの場所でいいんだけど。神社の裏《うら》って聞いてるんだ。吉井《よしい》さんわかる？」

「あ、うん。雲取神社ならあっちだけど」

なりゆきで、希世は寿和《としかず》を案内することになった。マンションのわきを通り、細い路地へ入って行く。南側は墓地《ぼち》になっている、さみしい通りだ。寿和は興味《きょうみ》ぶかげに、あたりを見まわしている。

「このあたりは空気がいいね」

「そう?」

「うん。駅前はごちゃごちゃしててくさいけど、ここの空気はきれいだ」

(空気ねえ)。希世は小首をかしげて、気持ちよさそうに深呼吸《しんこきゅう》している寿和を見た。たしかに駅前にくらべれば緑は多いが、そんなことは意識したことがなかった。

「安藤くん、伏戸《ふせど》ははじめて?」

「うん。いまは常盤台《ときわだい》に住んでるし、十歳《さい》までは茅ヶ崎《ちがさき》にいたんだ」

「へえ、かっこいい」と希世はいった。だが寿和は湘南《しょうなん》ボーイにはとても見えない。

「なんでこっちに越《こ》してきたの? お父さんの転勤《てんきん》かなにか?」

「ぼくのせいなんだ」と寿和はいった。「前の学校とあわなくて」

(ふうん。なんだかわけありみたい)。あまり話したくなさそうな寿和の横顔を見て、希世はつっこんで聞くのをやめた。

神社のまわりは比較的《ひかくてき》あたらしい建物がならんでいた。都心に通勤する独身者を夕ーゲットにしている、アパート形式のコーポが多い。以前はちいさな個人商店がならんでいたというが、いまは住民もすっかり入れかわっているのだろう。

雲取神社につくと、寿和《としかず》は「ちょっとお参りしてっていい？」と境内《けいだい》に入った。昼間だというのに、神社はほの暗い。寿和はへこんだひしゃくを使って、手水場《ちょうずば》で手を洗《あら》っている。ずいぶん律儀《りちぎ》なんだな、と希世《きせ》は思った。

ひさしぶりに希世も神社を参拝《さんぱい》した。瓦《かわら》の欠《か》けた屋根はたわみ、鈴《すず》に結ばれた布は色あせてぼろぼろだ。寿和は百円玉をいくつも賽銭箱《さいせんばこ》に投げ入れていた。

希世は（家族が健康でありますように。成績があがりますように）と祈《いの》っておく。五円でお願いするのはむしがいいかな、と思いながら。

参拝が終わると、寿和は寄贈《きぞう》された石灯籠《いしどうろう》のひとつを指さした。

「これって、吉井《よしい》さんのおばあさん？」

石灯籠には「榊原《さかきばら》きよ」の字がきざまれている。希世は首をふった。

「おばあちゃんの名前は希久子《きくこ》だから、たぶんひいおばあちゃんだと思う」

「榊原家《さかきばらけ》は、たくさんご寄進《きしん》してるんだね」と寿和はいった。そういわれてみれば、曾祖母《そうそぼ》の名のきざまれた石灯籠《いしどうろう》は立派《りっぱ》だし、石柱のあちこちに「榊原」の名前がある。昔は、この神社ももっと手入れが行きとどいていたのかもしれない。

「このあたりの名家《めいか》なんだ」

「まあふるいだけが取《と》り柄《え》の家だから」と希世はいった。このセリフは父の受け売りだ。

寿和は熱心に境内を見てまわっている。「女のひとの名前が多いね」

「うん。女系《にょけい》家族ってやつ？　うちのお父さんはちがうけど、それまでは代々養子をもらってたんだって」

「そうなんだ」

真剣《しんけん》な表情の寿和の横顔を、希世は盗《ぬす》み見る。

(こうして見ると、けっこうまつげ長いんだ。あたしより長いかも。男子のくせに)

寿和が倒《たお》れていた御幣《ごへい》を手に取った。

社《やしろ》の右手にある一角に、四本の御幣《ごへい》が立てられていたのだ。すりへっていて見えないが、なにか文字のきざまれた石がぐるりと埋《う》めこまれている。これはなんなのだろうと、希世《きせ》も前から不思議だった。「よくわからないけど、あそこは昔からふれちゃいけないことになっている」と母はいっていた。

「そこ、触《さわ》らないほうがいいよ」

寿和《としかず》に注意した希世は、はっとした。寿和が血の気のない顔をして、ぶるぶるとふるえているのだ。

「安藤《あんどう》くん?」（うわ。また発作《ほっさ》?）

希世には答えず、寿和はふらふらと石で仕切られた場所にふみこんだ。

「ここだ」

寿和はその場にしゃがみこむと、両手で地面にふれた。

わけがわからずにその様子を見ていた希世を、寿和は見あげた。目が熱っぽくひかっている。

「吉井《よしい》さん、よく見る夢《ゆめ》ってない？」

「夢？」

「おなじ夢をしょっちゅう見るってことない？　夢のなかにだけ、くり返しおなじ人があらわれるとか、知らないところなのに、おなじ場所が何度もでてくるとか」

寿和にじっと見つめられて、希世はとまどった。

「さあ、どうだろ。とくにないと思うけど」

寿和は、ゆっくりと立ちあがってあたりを見まわした。

「ぼくは子どもの頃《ころ》から、何度もここの夢を見た。四隅《よすみ》が石で仕切られた場所。あれはここだったんだ」

「……」

「最近は、毎晩《まいばん》おなじ夢をみるんだ。白い着物をきたひとがここに立って、ぼくを呼《よ》ぶ」

寿和は目をつむった。

「ここが定められた場所……」うめくような声が、寿和《としかず》の口からもれる。

「安藤《あんどう》くん！」

胸《むね》がざわついて、希世《きせ》は叫《さけ》んだ。「安藤くん、なにいってるの。やだ、しっかりしてよ！」

希世は寿和の腕《うで》を取り、その場からひきはなした。寿和はこきざみにふるえている。

「ねえ、ここでようよ」

希世は寿和をせきたてて神社をでた。

肩《かた》ごしにふりかえると、神社の木々が、獲物《えもの》を取《と》り逃《に》がしたようにざわりとゆれている。

（やだ。安藤くんて、もしかして悪いものに取《と》り憑《つ》かれているんじゃないの？ お母さんの神かくしもそのせい？ そういえば安藤くんのお母さんが見つかったのも、神社の境内《けいだい》なんだし）

もう雲取神社に近づくのはよそう。どきどきする胸《むね》をかかえて、希世は道をいそいだ。

神社からはなれると、寿和も落ち着きを取りもどしてきた。

「ごめん。すっかり吉井《よしい》さんにつきあってもらっちゃったね」

「そんなこといいけど。これで気がすんだ?」

「そうだね……。どうもありがとう。帰る道は、だいたいわかるから」

「あ、でもわたし駅前のスーパーに用があるし、ついでだから送る」

一刻《いっこく》も早く神社から遠ざかりたくて、希世はずんずん商店街《しょうてんがい》への道を歩いて行った。寿和はうしろをふり返りながら、あとをついてくる。人通りのある道にでると、希世はほっとした。

(ああ、のどがからからになっちゃった。なんか飲みたいな。でも安藤くん誘《さそ》うのもなんだし。どうしよう)

希世が自販機《じはんき》をさがしてきょろきょろしていると、寿和がいった。

「吉井さんて、望月《もちづき》さんと仲がいいんだよね」

「意外でしょ？　はきはきガールとうじうじガールのコンビっていわれたことがある。亜楠《あなん》は超《ちょう》のつく美少女だし」

「たしかに目は大きいよね」と、寿和《としかず》。「でも、ぼくは吉井《よしい》さんって声がきれいだと思うな」

「そう？　そんなこと、はじめていわれた」

（声がきれい。うれしくなくはないけど、微妙《びみょう》なほめ言葉。声以外にほめるところがないってこと？）

（でも安藤《あんどう》くんは、とくに亜楠ファンってことでもないんだ）

希世《きせ》はビルの建築現場にさしかかっていた。ぱらぱらっと、地面に大粒《おおつぶ》の水滴《すいてき》が落ちてくる。

「あれ？」

（またキツネの嫁入《よめい》り？）と希世が不思議がっていると、寿和がぴたりと足を止めた。

「くる……」と寿和がつぶやく。

「誰《だれ》が?」といって、希世も立ち止まった。通りのむこうで、ふたりをじっと見つめる男の姿《すがた》に気づいたからだ。

髪《かみ》を白く染《そ》めた、ピアスの若者《わかもの》。『まほろば』であった、クモの入《い》れ墨《ずみ》の男だ。

男は、すっと上を見あげた。その視線《しせん》を追って、希世も上を見た。

建築現場の屋上から、鉄材がふたりめがけて落ちてきた。

希世はしびれたように動けなかった。まるでスローモーションの映像《えいぞう》を見るように、鉄のかたまりが落ちてくる。

寿和がなにか叫《さけ》ぶ。ふいに、希世の目の前がまっくらになった。

8

はじめにあったのは、浮遊感《ふゆうかん》だった。

さあっ、さあっ、と空中をすべるようにただよっている。こわいような、でもときはなたれたような感覚。

(空中ブランコに乗ってるみたい)

死んでしまったのだろうか、という不安が胸《むね》の底をよぎる。しだいに、自分のからだがぼんやりと意識されてきた。

(運ばれている)と希世《きせ》は思った。がっしりした腕《うで》にかかえられていて、希世はすこし安心する。

夢《ゆめ》うつつで、希世は目をあけた。うす闇《やみ》の、たそがれの世界。希世をかかえたひとが、暗がりを疾駆《しっく》している。

(夢?)

たくましい腕《うで》にからだをあずけたまま、希世はとろりと眠《ねむ》りにひきずりこまれそうになる。

すぐわきの地面から、ぞろりとなにかがはいだしてきた。毛むくじゃらの、赤い目をしたけもの。けものは青白い炎《ほのお》をはいて、飛びかかってきた。

(うわっ。この間の夢にでてきたやつだ)

つぎの瞬間《しゅんかん》、希世は信じられない高みにいた。希世をかかえたひとが、一気に建物の屋上へ飛びあがったのだ。そのひとは屋根から屋根へと、かるがると飛びうつっていく。

毛むくじゃらの化《ば》け物《もの》が、つぎつぎに追いすがってくる。暗がりのあちこちに、青白い炎がゆらめいていた。

（ああ、やだなあ、こんなこわい夢《ゆめ》）

希世《きせ》は誰《だれ》だかわからない、けれど頼《たの》もしいひとのからだにしがみつく。

（誰なんだろう。安藤《あんどう》くんじゃないよね？）

そのとき、また化け物が飛びかかってきた！

希世は叫《さけ》び声をあげて、目を閉《と》じる。

ふたたび目をあけたときには、糸のようなものでがんじがらめになっている化け物がころがっていた。襲《おそ》いかかってくる化け物たちは、おなじように糸にからめられ、身動きがとれなくなっていく。希世をかかえたひとが、化け物めがけて糸をくりだしているのだ。

化け物は、わらわらと地からはいだしては襲いかかってくる。希世をかかえたひとは、またすさまじいスピードでかけだした。

まっかな目をひからせた化け物が、希世のからだをかすめた。希世は悲鳴をあげた。

希世の運び手は大きく跳躍《ちょうやく》すると、斜面《しゃめん》に飛びおりた。坂道をかけあがり、ぴたりと止まってふりむく。ふいにあたりが明るくなったので、希世はまばたきをした。

化け物たちは、しゅうしゅうと青白い炎《ほのお》をはいて、坂道の入り口にならんでいた。どうやら化け物たちは明るい坂道に入ってくることができないらしい。くやしげに足《あし》踏《ぶ》みして、希世たちをにらみつけている。

そのうちにひとつ、またひとつと赤い目が闇《やみ》にまぎれていった。化け物たちが遠ざかって行く気配がする。

地面におろされた希世は、めまいがして足もとがふらついた。

(なんだか、超《ちょう》リアルな夢《ゆめ》なんだけど)

坂道はこうこうと照らされていた。希世は自分の救い主を正面から見た。目の前に立っているのは、忍者《にんじゃ》のような黒装束《くろしょうぞく》の男だ。

(かっこいいけど、忍者とはねえ)

救い主はするりと頭巾《ずきん》を取った。あらわれたのは思いがけない顔だった。髪《かみ》を白く染《そ》めた、クモの入《い》れ墨《ずみ》の若者《わかもの》。

（うわっ。でもだいじょうぶ、だいじょうぶ、どうせこれは夢《ゆめ》なんだから）

落ち着くように、希世《きせ》は自分にいい聞かせる。これが夢である証拠《しょうこ》に、桜《さくら》が季節はずれの満開だ。ずいぶん明るいと思ったのも、街灯《がいとう》のせいではなかった。あでやかな桜がひかりをはなって、希世の頭上をおおっている。

（ここ、桜坂みたい）と、希世は思った。けれど現実とはちがって、むかい側にマンションはない。石垣《いしがき》がめぐらされ、木戸がひとつあいている。大きな屋敷《やしき》があるようだ。希世は取りこわされた桜坂の家を思いだしたが、それよりもずっと立派《りっぱ》なお屋敷だ。

白髪《はくはつ》頭《あたま》の男は坂道の下までおりて、あたりをうかがっていた。油断《ゆだん》のない身のこなし。現実とはまるで別人だ。どうせ夢なので、希世は声をかけた。

「土蜘蛛《つちぐも》は、もう行っちゃった？」

男はくるりとふり返り、いぶかしげに希世を見た。

「どういうことだ？」

（夢のなかだと、声までしぶい）と希世は感心する。「追いかけてきたあの化け物、土蜘蛛《つちぐも》なんじゃないの？」

男は、きびしい顔で希世をねめつけた。

「たわけたことを。やつらはヒトギツネ、ものに憑《つ》かれたひとでなしだ。おまえはあやういところで、やつらのえじきになるところだったのだぞ」

「へえ？」

「土蜘蛛はわたしだ」男は腕《うで》を組んだ。はらり、と桜の花びらが舞《ま》い落ちる。「わたしは幻蔵《げんぞう》。糸の幻蔵」

「はあ」

「そういうおまえは？　おまえは自分が何者か知っているのか？」

「吉井希世《よしいきせ》、ですけど……」

「それだけか」

幻蔵と名乗った男は、肩《かた》にかかった花びらを口にふくんだ。なにさ、かっこつけちやって、と希世《きせ》は思う。

「ねえ、どうしてヒトギツネっていうのは、この坂道に入ってこなかったの？」

幻蔵《げんぞう》が、小馬鹿《こばか》にしたように希世を見た。

「それをわたしに聞くとはな。そんなこともわからないのか？」

希世はむっとした。それでも、ひかりをはなって咲《さ》きほこる桜《さくら》を見あげて、ふと思いつく。

「ここだけ明るいから？　それとも、桜が苦手とか」

幻蔵は片《かた》ほうの眉《まゆ》をあげた。

「なるほど。さすがにそれは察しがつくとみえる。だがそれだけではない。わたしが手をかしたというより、今日おまえが助かったのは、おまえの曾祖母《そうそぼ》のおかげだと思え」

「ひいおばあちゃんの？」

「この桜坂は」と幻蔵は坂道をふみしめた。「おまえの世界では、昔から榊原《さかきばら》の土地だ。それを里《さと》の民《たみ》に役立てようと、公道としてきたのだ。たとえば雪がしんしんと積もった冬の朝、おまえならまずなにをする?」

(ベッドで丸くなる)と希世は思う。幻蔵は希世をちらりと見て、さきをつづけた。

「おまえの曾祖母《そうそぼ》は雪が降《ふ》ると、陽《ひ》がのぼらないうちから起きだして坂道に塩をまき、わらをしいたものだ。『誰《だれ》か通りかかったひとがすべったらあぶない』と考えてのこと。どうだろう、おまえなら、おなじことをするだろうか?」

希世はだまった。

「そうしたことが大桜の力をつよめて、いまも北の守りをかためているのだ。おまえは知らないだろうが、この桜は方陣《ほうじん》を守る四本の守護桜《しゅござくら》のひとつ」

「方陣?」

「守護桜の方陣はひとの世と、常世《とこよ》の里をむすぶ通路を守るもの。方陣があれば里の息吹《いぶき》はひとの世に運ばれ、悪《あ》しきものが常世の里に入りこむことはない。それこそヒトギツネなど手がだせない場所だった。だがヒトギツネはしだいに勢力を増し、方陣をくずしにかかった。まず東の桜《さくら》、つぎに西の桜が根こそぎにされた。神木の守りは弱まり、いまは北と南の桜を残すのみ。しかも、南の桜は枯《か》れたも同然のありさまだ」

希世《きせ》の頭に、枯れかけた庭の桜がうかんだ。幻蔵《げんぞう》がうなずく。

「そうとも、おまえの家の桜だ。桜巫女《さくらみこ》の家で桜が枯れるとは情《なさ》けない」

「桜巫女？」

ひょいと、幻蔵が跳躍《ちょうやく》した。かるがると大桜の上へ飛びあがり、枝《えだ》に足をかける。

「伏戸《ふせど》には、代々方陣《だいだいほうじん》を守る桜巫女の一族がいた。われら土蜘蛛《つちぐも》も、桜巫女に力をかしてきた。それが榊原家《さかきばらけ》。おまえはその血をひくもの」

幻蔵は、希世を見おろした。

「聞く耳があるなら聞くがいい、桜巫女の希世よ。ひとの世の桜は、常世《とこよ》の里《さと》の息吹《いぶき》を受けて花を咲《さ》かせているのだ。だがひとの邪悪《じゃあく》な心から生まれたヒトギツネは方陣《ほうじん》をやぶり、常世の里に入りこんで里を荒廃《こうはい》させている。希世、方陣の再生はおまえにかかっている。いまこそ声を取りもどすのだ」

桜はまばゆいほどのひかりをはなち、希世の目をくらませた。

「吉井《よしい》さん?」

希世は目をあけた。

寿和《としかず》が心配そうな顔で見おろしている。

希世は自分が道路に倒《たお》れていることに気づいた。立ち止まった通行人たちが様子をうかがっている。

「鉄材が……鉄材が落ちてきて」

希世は、やっとのことで声をあげた。「安藤《あんどう》くん、けがは?」

「鉄材だってぇ?」

希世がからだを起こすと、建築現場からでてきた作業員が、とまどったようにいった。

「お嬢《じょう》ちゃん、びっくりさせてごめんなさいよ。だけど落としたのはコレだから」

作業員が道路からひろいあげたのは、きたない軍手だった。

(そんな)

希世《きせ》は猛烈《もうれつ》にはずかしくなった。自分は手袋《てぶくろ》を鉄材と勘《かん》ちがいして気絶したんだろうか？

足を止めていた通行人のなかからも笑《わら》いがもれる。

(でも、たしかに鉄材だと思ったのに)

作業員と寿和《としかず》に手伝われて立ちあがっても、希世にはまだわけがわからなかった。

「わたし、どのくらい気絶してた？」

「ほんのいっしゅん」と寿和は答える。

そんないっしゅんの間に、夢《ゆめ》を見たんだろうか。やけになまなましい夢だった。細部まではっきりと覚えている。

ヒトギツネ。土蜘蛛《つちぐも》。桜巫女《さくらみこ》。

希世は「幻蔵《げんぞう》」と名乗った男の姿《すがた》をさがした。けれどほどけていく人垣《ひとがき》のなかに、白髪《はくはつ》の若者《わかもの》は見あたらなかった。

9

「あ、安藤《あんどう》くん、おはよう」

つぎの朝。希世《きせ》は下足室で寿和《としかず》を見かけて、かけ寄った。

「きのうはごめんね、いろいろ迷惑《めいわく》かけて。家まで送ってもらっちゃって」

学校であったらいちばんにあやまろうと思っていたのだ。なにしろ母ときたら寿和を希世の彼氏《かれし》と決めつけて、「希世をよろしく」だの、舌《した》をかみたくなるようなことをさんざんいったのだ。

寿和はあいまいにうなずいた。「だいじょうぶ？」

「あ、うん。ちょっと頭にこぶができただけ。ひっくり返ったときにぶつけたみたいで。ほんとどじだよね」

希世は明るくいった。けれど寿和は、困《こま》ったようにもじもじしている。

（やっぱり、彼氏あつかいされていやだったのかな？）

希世の母は、希世と寿和の出会いに「運命を感じる」とまでいったのだ。そんなことをいわれたら、誰《だれ》だってひいてしまう。希世がしゅんとしていると、うしろから野太い声がした。

「おいおい、朝から見せつけてくれるじゃないの」

稲尾善行《いなおよしゆき》だった。おなじように大柄《おおがら》なラグビー部の連中といっしょだ。善行はいやらしい目をして希世と寿和を見た。

「おまえら、やっぱつきあってたのか」

「まさか」

寿和はそっけなく否定《ひてい》すると、教室にあがって行った。取り残された希世に、からかいの言葉があびせられる。

「おや、かわいそうに。もしかしてふられちゃった？」

「やっぱさあ、男ってしつこくされると逃《に》げたくなるんだよねえ」

「こえー。ブスの深情《ふかなさ》け？」

善行《よしゆき》たちはからだをゆらして笑《わら》っている。希世《きせ》はほほがかっと熱くなった。

(ひどい。お礼をいっただけじゃない。そりゃお母さんは誤解《ごかい》してたけど、わたしはべつになんとも思っていないのに。「まさか」はないでしょう、「まさか」は)

自分でも意外なほど、希世は寿和《としかず》の態度《たいど》に傷《きず》ついていた。そのまま教室に行くのもいたたまれず、希世は女子トイレにかけこんだ。


「なにブルーになってんの？」

お弁当のツナサンドを食べながら、亜楠《あなん》が希世の顔をのぞきこんだ。

「べつに」

そういいながら、希世は目のはしで寿和をとらえた。わざと無視《むし》されているような気がして、腹《はら》が立ってくる。

希世の視線《しせん》をたどって、亜楠がいった。

「希世が安藤とつきあってるって、うわさになってるよ。きのう伏戸《ふせど》でデートしてたってほんと?」

「やめてよ」

希世は大きな声をだしてしまい、すぐに声をひそめる。

「偶然《ぐうぜん》会っただけだってば。あのマザコン、わざわざお母さんが住んでたとこを見に来たんだよ。信じられる?」

「それってマザコンかな。お母さんが行方不明になったところなら、現場を見てみたくなるのが人情じゃない」

いい返せなくて、希世はお茶をすする。

「それより土蜘蛛《つちぐも》のことだけど」と亜楠がいったので、希世はむせた。

「歌舞伎《かぶき》ではたしかに悪役なんだよね。クモの糸を投げかけて悪さをするんで退治《たいじ》される。でも、クモのたたりなんて話は見つからないんだよ。失踪《しっそう》現場は川べりなんだから、河童《かっぱ》に川にひきずりこまれたって伝説のほうがありそうなんだけど」

（ああ、そうか。きのう倒《たお》れているときに見た夢《ゆめ》のことは亜楠《あなん》に話してないんだ。夢のなかでは土蜘蛛《つちぐも》は味方《みかた》だった。あたしが桜巫女《さくらみこ》だとかいって）

希世《きせ》の頭に、幻蔵《げんぞう》の声が響《ひび》く。

方陣の再生はおまえにかかっている。声を取りもどせ。

（声。安藤《あんどう》くんも、わたしの声がきれいだっていってた）

「希世、聞いてる？」

「ねえ亜楠、わたしの声ってどう思う？」

「は？」

「あ、いい、なんでもない」

亜楠は天井《てんじょう》をあおいだ。

「とぉにかくさ、希世のおばあちゃんがいったんでしょ？　土蜘蛛のせいで、安藤のお母さんがいなくなったって。直接聞いてみてよ」

「うーん。でもお母さんの記憶《きおく》って、けっこういいかげんだから。それに、おばあちゃんはぼけちゃってて」希世は半分残したまま、弁当箱のふたを閉《し》めた。「もう、あたしのこともわからないくらいだもん」

正直いって、希世は昔から祖母が苦手だった。名家の一人娘《ひとりむすめ》だという意識が強くて、口をひらけば自慢話《じまんばなし》しかしない。大好きだった祖父が亡《な》くなったのも、年とともにわがままに拍車《はくしゃ》のかかった祖母にふりまわされたせいではないかと、希世はひそかに思っている。

そこへ米倉満喜《よねくらまき》がやってきて、亜楠に声をかけた。

「望月《もちづき》さん、クリスマス劇《げき》の配役なんだけどぉ、天使役やってくれない？」

戸定《とじょう》中学ではクリスマスにキリストの生誕劇《せいたんげき》をやる伝統がある。マリア役は三年生の美人、天使役はかわいい二年生の女子たちでかためられるのも毎年のことだった。米倉満喜は今年の実行委員のひとりだ。

亜楠《あなん》はひらひらと手をふった。

「パスパス」

「えーお願い、あとひとり、どうしても見つからなくって」

満喜《まき》が拝《おが》むように両手をあわせた。

「悪いけど無理」

亜楠はきっぱりいって、またお弁当を食べはじめる。

「えー、そんなあ。お願い、助けると思って」

満喜は地団駄《じだんだ》をふんで、なおも頭をさげる。

「それじゃ希世《きせ》は?」

とつぜんふられて、希世はぎょっとした。満喜が目を丸くして希世を見る。(ごめん。それはちょっと)と顔に書いてある。

「わたし、その気ないから」

やっとのことで希世はいう。

「そうなのお？　ざんねーん」

満喜はおおげさに首をふりながら立ち去った。亜楠はなにごともなかったように、サンドイッチをぱくついている。

希世の胸《むね》ににがい思いがこみあげた。

（ひどいなあ。わたしは亜楠とはちがうのに。あんなことをいったら、こっちが恥《はじ》をかくって気づいてくれない？）

（悪気がないのはわかるけど、亜楠って、ときどきちょっと残酷《ざんこく》なんだよね）


いっしょに駅へ帰るとちゅうで、亜楠がいった。

「あの店オープンしたんじゃない。希世、ケーキ食べていこうよ」

亜楠が指さしたのは『まほろば』だ。

黒ずくめの「糸の幻蔵《げんぞう》」を思いだし、希世はためらった。

「あ、でもさあ、生徒だけで喫茶店《きっさてん》入るのってやっぱまずいよ」

「いいじゃん。せっかくただ券があるのに」

亜楠《あなん》は無料チケットを取りだして、希世《きせ》の目の前でふってみせた。そのチケットをくれた男が問題なのだ。

「でもわたし、ちょっと……」

「なんなの？」

亜楠に問いつめられ、希世は床屋《とこや》のおじさんから聞いた話をした。白髪頭《はくはつあたま》の若者《わかもの》が、希世をつけていたという話。

「なにそれ。だったらなおのこと、ちゃんとたしかめなきゃ」

「ええ？　やめとこうよ、亜楠」

「いいから、あたしが聞いてやる。もしもストーカーなら、がつんといってやらないと」

鼻息を荒《あら》くした亜楠は、いやがる希世をひっぱって『まほろば』の扉《とびら》をあけた。

「いらっしゃいませ！」

ウエイトレスのお姉さんが笑顔《えがお》でふたりを迎《むか》えた。

「窓《まど》ぎわの席があいておりますので、どうぞ」

白髪の若者が見あたらないので、とりあえず希世は胸《むね》をなでおろす。案内された席につき、チケットをわたして紅茶《こうちゃ》を注文した。ケーキは好きなものを選べるそうだ。

こぢんまりした店は、ほぼ席がうまっている。

BGMもなく、新規《しんき》開店とは思えないようなレトロで落ち着いた雰囲気《ふんいき》の店だった。テーブルにいけられている花はどれも本物だ。カウンターでは、まっしろいヒゲの上品なおじいさんがネルドリップでコーヒーを入れている。目があうと、おじいさんはやさしげに顔をほころばせた。希世もつられて、ひょいと頭をさげる。

「いた。あいつでしょ」

亜楠の指の先に、白髪頭の若者がいた。蝶《ちょう》ネクタイに黒いベストのボーイ姿《すがた》で、てきぱきと飲み物を片《かた》づけている。とめる間もなく、「すいません」と亜楠が男に声をかける。

ふたりに気づいた若者《わかもの》は、満面の笑《え》みをうかべた。

「ご来店ありがとうございまぁす。うれしいなあ、来てくれて。ご注文は?」

くったくのない笑顔《えがお》だった。夢《ゆめ》のなかにあらわれた幻蔵《げんぞう》とは、まるで別人だ。亜楠《あなん》が挑戦的《ちょうせんてき》に男を見あげる。

「注文はすみました。失礼ですけど、伏戸《ふせど》に住んでるんですか?」

「伏戸? ちがうけど。どうして?」

若者はふたりを交互《こうご》に見つめた。希世《きせ》は身をすくめたが、亜楠はひるまない。

「あたしの友だちが伏戸なんだけど、見かけたような気がするって」

「ほんとに? いつ?」

亜楠がうながすように希世を見る。希世はどぎまぎしてうつむく。

「希世」と、亜楠がドスのきいた声でいった。希世は顔をあげ、男の目を見ないでいった。

「きのうの日曜日と、その前にも一回」

「いや、それはないなあ」と若者はいった。「週末にオープンだったから、きのうは一日中ここで働いてたしね。伏戸《ふせど》なんて、もう何年も行ったことないよ。覚えてても らって光栄だけど、髪《かみ》を白く染《そ》めたやつを見ただけなんじゃない？」

そういわれれば、たしかに確証などなにもないのだ。工事現場で見かけたことも自信がなくなってくる。希世がうつむいてしまったのを見て、亜楠があいそよくいった。

「ごめんなさい、ひとちがいだったみたい」

「ぜんぜん気にしないで。白い髪って目立つからね。ぼくのことはハルって呼《よ》んでよ」

希世は顔をあげて男の顔を見た。夢のなかで「糸の幻蔵」と名乗った男は、いかにも人がよさそうに目を細めた。

ウエイトレスがケーキの見本を運んできたのを見て、ハルがいった。

「ごゆっくりどうぞ。ちなみに、ぼくのイチ押《お》しはベリーベリーのタルト」

ハルが仕事にもどったので、希世はほっとした。真剣《しんけん》にケーキを選んだあと、ハルを観察していた亜楠がいった。

「あいつ、うそついてる感じじゃなかったね」

「うん。ごめん」

「あやまんなくてもいいけど。でもぎゃくにこわくない？　誰《だれ》かほかのやつにつけまわされてるのかもしれないじゃない。心配だなあ。気をつけなきゃだめだよ、希世《きせ》。誰でもいいから殺したい、なんて思ってるやつがマジにいるんだから」

「わかってるってば」

「どうだか」

亜楠《あなん》が肩《かた》をすくめた。「でもほんっと、近頃《ちかごろ》救いのない事件が多いよねえ。世界のどっかに穴《あな》でもあいてんじゃないかと思う」

「……」

派手《はで》な感じの女子高校生が三人、にぎやかに店に入ってきた。白髪《はくはつ》の若者《わかもの》を見つけて、「ハルー」と手をふる。ハルは「おぅ、いらっしゃぁい」と応じた。

「ハルって人気者みたいだね。この店はやるよ、きっと。ケーキもおいしいし、紅茶《こうちゃ》も誠実《せいじつ》な味がする」と亜楠はいった。

たしかに、おすすめのケーキはとてもおいしかった。ふたりが帰ろうとすると、ハルがまた声をかけてきた。

「ありがとうございました。サービスするから、また来てねぇ」

店をでて、希世はもう一度ふり返った。ガラス窓《まど》ごしに、ハルが手をふるのが見えた。

10

もやがかかっている。

希世《きせ》は、ひとりで歩いていた。

もやがうすれると、たそがれに沈《しず》む通りがうかびあがってきた。（また、夢《ゆめ》のなかだ）と希世は思う。

柳《やなぎ》の並木道《なみきみち》。疎水《そすい》が流れ、土塀《どべい》がつづいて、立派《りっぱ》な日本家屋《かおく》がならんでいる。見たことのない通りだ。そのまままっすぐ歩いていくと、十字路にでた。左をむくと、先にひかりが見えた。

（大桜《おおざくら》のひかりだ。あそこが桜坂）と希世は思う。（このあいだの夢とつながってる

みたい。つづきものの夢って、はじめて見る）

ひたひたひた。

うしろで気配がして、希世はふりかえった。

もやのなかから、誰《だれ》かがおぼつかない足どりで歩いて来た。寿和《としかず》だ。

「安藤《あんどう》くん」

希世は声をかけた。けれど寿和は、そのまま希世の横をすりぬけていく。しばらく行ったところで、寿和は立ち止まった。

かなしげな顔をして、「ここから先へ行けない」とつぶやいている。

「安藤くん？」

希世はもう一度呼《よ》んでみたが、寿和には希世のことが見えなければ、声も聞こえないようだ。

寿和はがっくりと肩《かた》を落とした。「だめだ。やつらが見はっている」

希世は、寿和が見ている場所に目をこらした。ひっそりした石畳《いしだたみ》がつづいているばかりだ。

視線《しせん》をもどすと、いつのまにか寿和《としかず》の姿《すがた》は消えていた。

希世《きせ》はそのまま道をすすんでいった。

(どうして安藤《あんどう》くんは先へすすめないんだろう……)

ふと歩みが止まって、希世は足もとを見た。地面がタールでできているように、足がはりついている。ひきぬこうと力を入れても、びくともしない。

身動きができなくなった希世の前に、ぼわり、ぼわり、と青白い炎《ほのお》がうかびあがった。

(ヒトギツネ)

つりあがった赤い目が無数にまたたく。気がつけば、希世はぐるりとヒトギツネの群れに取りかこまれていた。逃《に》げだそうとしたが、足は吸《す》いついたように地面をはなれない。

ふっ、ふっ、とヒトギツネたちが息をはいてからだをかがめる。

そして、いっせいに飛びかかってきた！

希世は悲鳴をあげてしゃがみこんだ。そのうえを、なにかが飛び越《こ》えていった。ヒトギツネたちが苦しげにうめく声が聞こえ、希世はおそるおそる目をあけた。うす闇《やみ》に、白い糸が踊《おど》っている。幻蔵《げんぞう》が糸をはなって、ヒトギツネたちの攻撃《こうげき》を封《ふう》じているのだ。

「来い！」

幻蔵は希世をかかえ、高く跳躍《ちょうやく》した。糸にからめられ、もがくヒトギツネたちの姿がちいさくなる。

（助かった）と希世は思った。

けれど希世の両足には、地面から伸《の》びる黒い筋《すじ》がからみついていた。それは毛むくじゃらの手にかわった。そして熊《くま》ほども大きなヒトギツネが、地面からずぼりとぬけでてきたのだ。ヒトギツネはまっしぐらに、希世にくらいついてきた。

「いやあああっ！」

希世《きせ》は幻蔵《げんぞう》もろとも、地面にたたきつけられた。希世にのしかかろうとするヒトギツネに、幻蔵は糸をはなつ。からむ糸に、巨大《きょだい》なヒトギツネの動きがにぶった。すかさず、幻蔵はヒトギツネに組みついた。押《お》し倒《たお》されたヒトギツネは、幻蔵をふりほどこうと暴《あば》れまわる。幻蔵は足をすくわれ、組みしかれてしまった。ヒトギツネはまっかな口をあけ、のどをかみさこうとする。

顔をゆがめた幻蔵は、目にも止まらぬ早さで刀をひきぬいた。そこへ、ヒトギツネがかぶりついてきた。刀が深々とヒトギツネの胸《むね》につき刺《さ》さる。

ヒトギツネはひと声吠《ほ》えて、横転した。幻蔵がす早く立ちあがる。

ヒトギツネはぜいぜいと息をしながら、うずくまっている。幻蔵は刀をひとふりし、鞘《さや》におさめた。

赤い目をひからせて、ヒトギツネは幻蔵を見た。

「とどめをささないのか、土蜘蛛《つちぐも》」

「わたしは糸の幻蔵。むやみな殺生《せっしょう》はしない」

「甘《あま》いことを。それがいつか、おまえの命取りになるだろうよ」

ヒトギツネはそういい捨てると、ずぶずぶと地面に沈《しず》んでいった。

幻蔵はヒトギツネの姿《すがた》が消えたのを見おさめて、希世にむきなおった。

「無事か?」

路上に投げだされたまま、希世はうなずいた。幻蔵が手をかして起こしてくれる。

「あのでっかいのが、ヒトギツネのボスなの?」

幻蔵は首を横にふった。

「いや、あれなど小者よ」

希世はようやく息を整えた。助けてもらった礼をいうべきところだが、(なにしろ夢《ゆめ》だし)、希世はうらみがましく幻蔵を見た。

「なんでさあ、しらばっくれたわけ?」

「なんの話だ?」

「とぼけないで。『まほろば』で別人のふりしたじゃない。なにが『ぼくのことはハルって呼《よ》んで』よ。幻蔵《げんぞう》のくせに」

「土蜘蛛《つちぐも》はあちらでは正体を明かさぬ。われら糸は、千の仮面を持っているのだ」

「へえ。どっかできいたセリフ」

「ずいぶんといいせいがいいな。あちらとこちらで別人なのは、わたしだけではないようだが。蚊《か》の鳴くような声をだして、たいそうしおらしい様子だったのは誰《だれ》かな?」

からかうような口調に、希世《きせ》はむっとした。「それじゃ」といって歩きだすと、幻蔵がいった。

「そっちにもヒトギツネがいるぞ」

希世はふりむいて、幻蔵にいった。

「じゃあ、なんか武器をかしてよ。いちいち助けてもらわなくてもすむように」

「わたしは糸の幻蔵。ひとにかす武器は持たぬ」

「だって、さっきの刀は?」

幻蔵は刀をぬき、ふりかざした。

希世はひっと息をのんだ。幻蔵がにたりと笑《わら》って、刀をおろす。

「よく見てみろ」

希世はさしだされた刀を見つめた。金属のつめたいひかりはない。つやつやした木の刀だ。

「木刀?」

「ただの木刀ではない。これは名刀、八重《やえ》の雫《しずく》。邪心《じゃしん》のないものは傷《きず》つけぬ」と幻蔵はいった。「ふれてみるがよい。ケガはしない」

希世がおそるおそる触《さわ》ってみると、心地よい感触《かんしょく》が伝わってきた。なめらかで、刃《は》にふれてもまったく痛《いた》くない。にぎっても平気そうだが、それはやめておいた。

「でも、ヒトギツネは斬《き》れるんだよね?」

「誰《だれ》かの身を守るためならば」と、幻蔵は刀を鞘《さや》におさめる。「いずれにせよ、刀はおまえの武器ではない。おまえの武器は声なのだから」

「なにそれ。そうだ。この間もおかしなことといってたでしょう。声を取りもどせって」

「それが桜巫女《さくらみこ》の桜巫女たる由縁《ゆえん》だからだ。桜巫女は桜をまつる呪文《じゅもん》を歌うもの。『さくらまつり』の呪文は、桜巫女の声によってのみ力を持つ。だからヒトギツネたちはおまえをねらうのよ」

「さくらまつりの呪文?」

「代々の桜巫女に伝承される呪文だ。桜に神をおろす祝い歌」

「聞いたことないけど」

「それをさがしあてるのだ。東の桜をよみがえらせるには、おまえが『さくらまつり』を……」

幻蔵《げんぞう》はふいに言葉を切った。「どうやら、邪魔《じゃま》が入ったな」

「ヒトギツネ?」希世《きせ》はからだをかたくする。

「いや。もっと厄介《やっかい》なやつだ」

幻蔵はひらりと、塀《へい》に飛び乗った。「わたしは退散《たいさん》することにする。また会おう」

「ええ? なにそれ。助けてくれないの?」

幻蔵はふいと姿《すがた》を消した。希世があせっていると、背後《はいご》から声がした。

「お待ち。今度こそ逃《に》がさないよ」

11

「幻《げん》さん！」

希世《きせ》をはねのけるようにあらわれたのは、着物姿《きものすがた》の女だった。

「ああ、行っちまった。ほんとにもう、つれないねえ」

女は未練《みれん》がましく、幻蔵《げんぞう》の消えたほうを見送っている。希世があっけに取られていると、女はくるりとふり返り、希世をねめつけた。

「おまえさんは誰《だれ》だい？」

女は日本髪《にほんがみ》を結いあげた、芸者ふうの身なりだった。金糸《きんし》の刺繍《ししゅう》がほどこされた粋《いき》な着物姿。希世の父なら、だらんと鼻の下が伸《の》びそうな色っぽさだ。

「そっちこそ誰?」

かるい反発を感じて、希世はいい返す。すると女の足もとで、数匹《すうひき》のアオガエルがぴょんぴょんはねた。

「待ってました、おりゅう姐《ねえ》さん」

「日本一!」

「水もしたたるいい女」

女はカエルたちのかけ声を受けて、すっとえりをなおした。

「あたしはおりゅう。しだれのおりゅうさ。見れば人間の小娘《こむすめ》が、あたしの幻《げん》さんになんの用だい?」

「あたしの幻さん?」

「そうとも。さっさと名前をおいい。こととしだいによっちゃ容赦《ようしゃ》しないよ」

「あたしは希世」。希世も負けまいと、ひらぺったい胸《むね》をそらした。自分でもよくわかっていないのだが、「桜巫女《さくらみこ》の」といいそえる。

桜巫女《さくらみこ》と聞いて、おりゅうは眉《まゆ》をあげた。頭のてっぺんからつま先まで、希世《きせ》を見なおしている。

「へえ、まだそんな人間がいたとはね。でもまあ、それなら合点《がてん》もいく」

「それで、あなたは幻蔵《げんぞう》のなんなの？」

希世が不信げにいうと、おりゅうは（ふん、尻《しり》の青い小娘《こむすめ》が）という顔をした。

「おやおや、ずいぶんと生意気な口をきくじゃないか。お嬢《じょう》ちゃん、桜巫女だかなんだか知らないが、土蜘蛛《つちぐも》がよろこんで味方してくれると思ったら大まちがいだよ。あたしの幻さんとちがって、土蜘蛛にはぶっそうな『針《はり》』の連中もいる。人間なんて、とうに土蜘蛛に見はなされてるんだ。うらまれてるっていってもいい」

「……」

「あたしの幻さんは土蜘蛛のなかじゃ、はぐれ者なのさ。ほんとにねえ、なびく男はごまんといるのに、なんでしだれのおりゅうともあろうものが、はぐれ者にほれちまったのか」

「どうして?」

「まあ、くどかれるのはあきたっていうか……」

「そうじゃなくて、どうして人間は土蜘蛛《つちぐも》にうらまれてるの?」

おりゅうは肩《かた》をそびやかして、かんざしをなおした。

「さあね。土蜘蛛のことは土蜘蛛にお聞きよ。それより、あの迷子《まいご》をかまってやったらどうだい」

希世は、おりゅうがあごをしゃくったほうを見た。

寿和《としかず》だった。疲《つか》れきった顔で、道ばたにしゃがみこんでいる。

「安藤《あんどう》くん、だいじょうぶ?」

希世が声をかけると、寿和は頭をもたげた。「吉井《よしい》さん?」

けれど寿和の視線《しせん》は、希世をすどおりしている。

「安藤くん、見えないの?」

希世は寿和の前で手をふってみる。それでも反応がないので、寿和の肩《かた》をたたこうとした希世《きせ》は、ぱっと手をひいた。手は寿和《としかず》のからだをすりぬけて、なにもとらえることができなかったのだ。

(なに、これ？　姿《すがた》が見えるだけで、安藤《あんどう》くんはここにいないの？)

寿和は思いつめた顔で立ちあがった。

「吉井《よしい》さん、だめだ。ぼくにかまっちゃいけない。ぼくに近づくと、きみの身があぶないんだ」

「安藤くん」

「吉井さん、よく聞いて。この間やつらが鉄材で殺そうとしたのは、ぼくなんだ。もう二度と、ぼくのせいできみを危険《きけん》な目にあわせたくない。ぼくにはそんなことは耐《た》えられない。耐えられないよ」

寿和の目の色に、希世は胸《むね》をつかれた。

「もう二度と、ここへ来ちゃいけないよ。いいね？」

「でも……」

立ち去ろうとした寿和がぶつかってくる。希世があっと思ったときには、寿和は希世のからだをすりぬけていた。寿和ははらはらと涙《なみだ》をこぼしていた。桜《さくら》の花びらが散るように。

ミルク色のもやが、走っていく寿和の姿をおおいかくす。

からかうように、おりゅうがいった。

「やれやれ。おたがい、ほれた男には苦労させられるねえ」

寿和が自分のからだをくぐりぬけていった感触《かんしょく》に、希世は身をふるわせていた。

そのとき、希世はあともどりできないところへ足をふみいれたのだ。中庭で会ってから、寿和は気になる存在になっていた。いまのいままで、それは気にかかるというだけの気持ちだった。けれどたったいま、希世は自分のなかに芽ばえた気持ちに気づいてしまった。苦しいような、でもしびれるような甘《あま》い痛《いた》み。胸の奥《おく》がしんしんする。

(わたし、安藤くんが好きだ)

おりゅうはどこかあわれむような顔をして、希世のことを見つめていた。

12

目をさました希世《きせ》は、はじめて見るように自分の部屋をながめまわした。

ふだんどおりに階段《かいだん》をおりて顔を洗《あら》っても、ふわふわと雲のうえを歩いているようだった。食堂ではテレビが流れ、母は鼻歌を歌いながら朝食のしたくをし、父は新聞を広げている。見なれた朝の風景。けれど希世はなにも見ていなければ、なにも聞いていなかった。

「希世ちゃん、どうしたの？　ぼおっとして」

という母の言葉も、希世の耳にはとどかない。お気に入りのカップに入ったミルクティー。バターをたっぷりつけたトースト。野菜をそえたふわふわのオムレツにフルーツヨーグルト。みごとなくらい、食欲《しょくよく》がわかない。

(安藤《あんどう》くん……)

希世は夢心地《ゆめごこち》で玄関《げんかん》をでた。

(わたし、恋《こい》に落ちちゃった)

母の性格を反映《はんえい》して、庭は家のなかとおなじように雑然としていた。そそけだっている桜《さくら》の木肌《きはだ》に、希世はそっとふれた。

「かわいそう」と希世はつぶやいた。「あなただって南の桜なのに」

そのとたん、「どくん」という脈動が木から伝わってきた。びくりとして、希世は手をはなす。

(やだ。わたしったら、どうかしてる。夢と現実がごっちゃになっちゃって)

希世はしゃっきりしようと頭をふり、門をでた。けれど通学中も、希世はずっと心ここにあらずだった。

学校の廊下《ろうか》をぼんやり歩いていた希世は、誰《だれ》かにぶつかってしまった。

ぶつかった相手は稲尾善行《いなおよしゆき》だった。希世《きせ》はあわててあやまったが、善行は顔をしかめて胸《むね》を押《お》さえ、希世をにらんで教室へ入って行った。

「大げさ。ちょっとぶつかっただけなのに」

希世がほっぺたをふくらませると、ラグビー部のマネージャーをしている西村愛《にしむらあい》がいった。

「稲尾くん、胸をケガしてるのよ」

「え？」

「練習試合でね、ろっ骨《こつ》にひびが入っちゃって。まあラグビーにケガはつきものだから」

「そうなんだ。悪いことしちゃった」

そういって、希世は思いだした。夢《ゆめ》にでてきた大きなヒトギツネも、幻蔵《げんぞう》の刀で胸を刺《さ》されたではないか。善行が押さえていたのは、刺されたのとおなじ場所だ。

（まさか……偶然《ぐうぜん》だよね）

希世は教室に入った。ざわざわとしゃべっているクラスメイトの姿《すがた》がいっしゅんヒトギツネの群れに見えてぎょっとする。いつも先に来ている亜楠《あなん》の姿はない。どうしたのかと思っていると、寿和《としかず》が教室に入ってきた。

希世はどきりとした。視線《しせん》に気づいたのか、寿和がちらりと希世を見た。

寿和は顔を伏《ふ》せ、ぱっと視線をはずす。その表情が、夢のなかでのせりふとかさなる。

（吉井《よしい》さん、だめだ。ぼくにかまっちゃいけない。もう二度と、きみを危険《きけん》な目にあわせられない）

（わかったわ、安藤《あんどう》くん。でも、どうしてなの？　わたしが桜巫女《さくらみこ》だから？）

自分の世界にひたっていた希世は、いきなり背中《せなか》をどつかれた。始業時間ぎりぎりにすべりこんできた亜楠だ。

「なんだよ、何件もメールいれたのに」

そういわれて、希世は携帯《けいたい》を見た。たしかに、亜楠からのメールが6件も着信している。チェックするのをすっかり忘《わす》れていたのだ。

「ごめん、いろいろあって」

「信じらんない。希世《きせ》にも関係おおありの話なのに」

「徹夜《てつや》したの？　目が充血《じゅうけつ》してるよ、亜楠《あなん》」

亜楠はさっと目薬を取りだした。目の大きな亜楠には、目薬は必需品《ひつじゅひん》なのだ。亜楠が点眼している間に授業がはじまった。

先生の目を盗《ぬす》んで、亜楠は希世に紙をよこした。パソコンで作ったチラシだ。

「伏戸《ふせど》緑化プロジェクトを応援《おうえん》しよう！　あなたの署名《しょめい》で、伏戸をふたたび桜《さくら》の里《さと》に」

亜楠はにっと笑《わら》って、親指を立てた。


「ま、ようするに環境《かんきょう》運動なんだけど」

休み時間になると、亜楠はいきおいこんで希世に語った。

「伏戸の市立図書館でいろいろ調べてたら、司書の人が環境ＮＧＯの人でさ。直線化した雲湧川《くもわきがわ》をもう一度蛇行《だこう》させる活動をしてる人なんだ。植樹《しょくじゅ》もするんだけど、よくある緑化計画とちがって、自然のままの景観を取りもどそうとしてるわけ」

亜楠は目をきらきらさせて、話をつづける。

「いまの伏戸《ふせど》市長はこの運動の推進派《すいしんは》なんだけど、道路や商業施設《しょうぎょうしせつ》を作って利益をあげたいグループと対立してるんだ。稲尾《いなお》建設なんかも、もちろん反対派。で、おなじ県の中学生としては、指をくわえているわけにはいかない」

亜楠は希世に署名《しょめい》用紙をつきだした。

「てわけで、はえある署名リストのトップはきみだ」

希世が署名し終わると、亜楠は教室のなかで署名をつのりはじめた。希世はひとりでトイレに行くことにする。

(亜楠って、いったん決意するとのめりこむからなあ。これじゃとうぶんは、あたしの恋愛《れんあい》話なんて聞いてもらえそうにないや)

(でも中学生が署名したからって、たいした力にはならないと思うけど。それに稲尾

くんに目をつけられて、面倒《めんどう》なことにならないかな)

用を足して個室からでようとして、希世《きせ》は手を止めた。「安藤《あんどう》くん、困《こま》ってるらしいよ」という声が聞こえたからだ。

米倉満喜《よねくらまき》の声だ。希世はドアのうしろで聞き耳をたてた。「なんで?」という同級生の声がする。

「安藤くんて、ほんとは望月《もちづき》さんのことが好きなんだって。だけど吉井《よしい》さんに告《こく》られたせいで、望月さんにいいだせなくなっちゃったんだって。ほら、あのふたり仲がいいから」と、満喜の声。

「そりゃヨッシーよりモッチーでしょ」

「安藤かわいそう」

「あたし吉井さんの気持ちがわからないなあ。だって望月さんみたいな子とつるんでたら、一生彼氏《かれし》できないと思わない? だれだって望月さんのほうがいいじゃない」

「でも、もしモッチーと安藤が両思いだったら、ヨッシーに気を使ってつきあわないのって悲しくない？」

「いえてるー」

同級生たちの声が遠ざかっていっても、希世はしばらくトイレからでることができなかった。

（安藤くんが亜楠《あなん》のことを？　うそ）

誰《だれ》だって自分よりかわいい亜楠を好きになる。それはそうかもしれない。でも、安藤くんは。

希世はくちびるをかんで、つめたいノブをにぎりしめていた。

「それじゃ希世、地元なんだからばっちり署名頼《しょめいたの》んだよ」

放課後。署名用紙の束《たば》をわたされた希世は、思いきっていった。

「亜楠。ちょっといい？」

「なに？」

希世《きせ》は教室を見まわした。寿和《としかず》はもう帰っていた。米倉満喜《よねくらまき》やその仲間はまだ教室にいる。

「先に中庭に行ってて」。満喜の視線《しせん》を感じて、希世は亜楠《あなん》にささやいた。「すぐ行くから」

「えー、学校新聞でも特集記事組むから、いそがしいんだけど」

「お願い、だいじな話なの」

亜楠は肩《かた》をすくめて教室をでて行った。肩をすくめるのは亜楠のくせだが、あまり感じがよくないと希世ははじめて思う。

中庭に行くと、亜楠は水盤《すいばん》のふちに腰《こし》かけて足をぶらぶらさせていた。

「なに？　だいじな話って」

「うん」

（そういえばここで、安藤《あんどう》くんとはじめて話をしたんだっけ）

「希世？」

「うん……。あのさ、安藤くんのことなんだけど。その、つまり……亜楠は安藤くんのことをどう思ってるのかなと思って」

「どう思ってるって？　なにそれ？　好きかどうかってこと？」

希世はうなずいた。胸《むね》がどきどきして、舌《した》に苦い味が広がる。

「あほらし」と亜楠はいって、水盤《すいばん》からすべりおりた。「同級生の男子なんて、ガキばっかで話にならないって。つきあうんなら、尊敬《そんけい》できる男じゃなきゃ」

「つまり、安藤くんのことはなんとも思ってないってこと？」

「あのさ、なにを心配してるのか知らないけど、あたしは希世の好きなひとにちょっかいだす気なんてないよ。安藤のことが好きなんでしょ？」

「……」

「みえみえだっちゅうの。ほんとに、わかりやすいんだから」

「だって」。希世はくちびるをとがらせた。「安藤くんが、ほんとうは亜楠のことが好きだって」

「誰《だれ》がいったの？　安藤《あんどう》にたしかめてみた？　希世《きせ》、お願いだからエセ情報にまどわされないでくれる？　たしかにクラスの男子のなかじゃ、安藤はまともなほうだと思うよ。だけどああいう中性的なタイプって、趣味《しゅみ》じゃないんだ。万にひとつ、安藤があたしとつきあいたいっていったとしても、こっちは百パーセントその気ないから」

「ほんとに？」

「なんなら二百パーセント。友情にかけて誓《ちか》います」

亜楠《あなん》がもったいぶって左手をあげる。希世はようやく緊張《きんちょう》をほどいた。


ひとりで帰った希世は、伏戸《ふせど》の商店街《しょうてんがい》を歩いていた。亜楠がきっぱり否定《ひてい》してくれたので気は楽になっていたが、寿和《としかず》がどう思っているのかはまだわからない。

それにしても、亜楠が寿和をどう思っていたかは意外だった。

中性的なタイプ。希世は寿和をそんなふうに見たことがなかった。

希世は軍手が落ちてきた工事現場の前にさしかかっていた。あれ以来さけて通っていたのに、考え事をしていて気づかなかったのだ。工事はだいぶ進んでいる。前に止まっているトラックには「稲尾《いなお》建設」の名があった。

13

かすかに、笛《ふえ》が鳴っている。

希世《きせ》はもやの立ちこめるなかを歩いていた。日本家屋が立ちならぶ、たそがれの通り。

（また、あの夢《ゆめ》だ）と希世は思う。

かろやかな笛の音《ね》にかさなって、調子のいい太鼓《たいこ》の音も響《ひび》いてきた。希世の足が、しぜんにそちらにむく。

楽《がく》の音《ね》が近づくにつれ、もやは晴れ、ひかりがさしこんできた。桜坂の桜《さくら》がはなつひかりだ。

希世は、自分が桜坂うえの広場に来たことを知った。緑の柳《やなぎ》がそよぐなか、かみしもをつけたアオガエルたちが楽をかなでている。

木の根株《ねかぶ》に腰《こし》かけた、すずしげな浴衣《ゆかた》姿《すがた》の女がいた。しだれのおりゅうだ。

烏帽子《えぼし》をつけたカエルが声をあげている。

「さあさあ、よってらっしゃい見てらっしゃい。紙芝居《かみしばい》のはじまりはじまりぃ」

「柳座《やなぎざ》」と染《そ》めぬかれた着物を着たアオガエルがぴょんぴょん寄ってきて、希世を根株の席に案内した。

おりゅうはそ知らぬ顔でうちわを使っている。案内のアオガエルがぴょこりと頭をさげたので、希世は根株に腰をおろした。

烏帽子《えぼし》に袴《はかま》をつけたカエルが口上をのべた。

「みなみなさま、本日は柳座にお越《こ》しいただき、まことにありがとうございます。本日のだしものは『孝太《こうた》と西の桜』。どうか最後までとくとご覧《らん》くださいませ」

黒子《くろこ》の衣装《いしょう》をつけた二匹《ひき》のカエルが、紙芝居をするするとひきぬく。タイトルのつぎにあらわれたのは、ブルドッグをつれた半ズボンの少年の絵だった。

烏帽子《えぼし》のカエルが語る。

「さて、いまは昔のものがたり。孝太《こうた》の孝は親孝行の孝と申します。ある秋の日の夕まぐれ。孝太少年が犬の散歩にでたおりの、不思議な顛末《てんまつ》をお見せいたしましょう」

希世《きせ》が絵を見つめていると、ブルドッグのしっぽがぷるんとゆれた。

まばたきする間に、絵はするすると動きだした。紙芝居《かみしばい》はそのままどんどん大きくなり、視界《しかい》いっぱいに広がった。

気がつくと、目の前を孝太少年とブルドッグが歩いて行くのが見えた。どうやら、希世は紙芝居の世界にすっぽりと入りこんでしまったらしい。

(夢《ゆめ》のなかで夢を見てるみたい)

夢のなかでのことだからか、希世はそれほど違和感《いわかん》を感じない。孝太少年はどこか見覚えのある通りを歩いていた。希世の家の近所だ。ただ、つぶれたはずのラーメン屋が営業しているし、いま立っているマンションは姿形《すがたかたち》もない。どうやら、いまよりだいぶ前の町なみのようだ。希世が見たこともない宿屋がならんでいる。

どこかから飛ばされたビニールの布が、電柱にからまってばさばさとはためいていた。孝太《こうた》少年は道ばたに落ちていた小枝《こえだ》をひろって犬と遊んだ。台風一過《いっか》なのか、枝の折《お》れた木や倒《たお》れている看板《かんばん》が目につく。

空のはしを夕焼けがこがして、街《まち》はあかね色に染《そ》まった。

ぐるりと散歩を終えた孝太少年は、空《あ》き地《ち》に通りかかった。家屋が解体されたあとらしく、廃材《はいざい》が積みあげてある。ブルドッグがひと声吠《ほ》えて、リードをひいた。

「ボス、どうした」と孝太少年がいう。

ブルドッグは吠えながら、孝太少年をぐいぐいと空き地の一角へひっぱって行った。

孝太は目を見はった。うす衣《ごろも》をまとったひとが、地面に倒れているのだ。

孝太はかけ寄った。そのひとは、倒れた木のわきにつっぷしていた。台風で桜が折れたんだ、と孝太は思う。犬がゆすぶり、孝太が声をかけると、そのひとはようやく顔をあげた。

衣《ころも》はぼろぼろに裂《さ》け、顔も土で汚《よご》れている。それでも孝太《こうた》は、そのひとの美しさに目を奪《うば》われた。

助けを呼《よ》ぼうとする孝太を、そのひとは押《お》しとどめた。

「助けはいらぬ。もはやこれまでじゃ。じゃが、そなたは汚《けが》れのない、いい顔をしておいでじゃのう」

そのひとは孝太を見つめ、指についた絵の具の汚れに気づいた。

「そなた、絵を描《か》くのは好きか」と聞かれ、孝太はうなずいた。散歩にでる前も、絵を描いていたところだった。

「そなたは孝太。床屋《とこや》の息子《むすこ》であろう」

なぜ知っているのだろうといぶかしみながら、孝太はこくんとうなずいた。

「願ってもない。これもなにかのめぐりあわせ」。そのひとは深々と息をついた。

「孝太よ、わらわの願いを聞いてほしい。これから、わらわは最後の舞《まい》を舞い踊《おど》る。どうかその姿《すがた》を胸《むね》にきざんで、わらわの絵を描いてほしいのじゃ。そしてそれをそなたの家に飾《かざ》っておくれ。たってのお願いじゃ。きっとかなえると誓《ちか》っておくれ」

すがるような眼《め》で見つめられ、孝太《こうた》は必ずそうすると誓いを立てた。

「きっとか。きっとそうしてくれるか」

「うん。男に二言はないや」

その返事を聞いて、倒《たお》れていたひとはよろよろと起きあがった。助けようとする孝太をとどめて、そのひとはひとりで立ちあがる。ブルドッグのボスが、くうんと鼻を鳴らした。

美しいひとが衣《ころも》をなおしはじめたので、孝太はあわててうしろをむいた。ボスのリードもぐいとひっぱって、のぞかせないようにする。

倒れている桜《さくら》に目を止めた孝太は、幹《みき》につけられた斧《おの》の跡《あと》に気づいた。するどい爪《つめ》でひっかいたような傷《きず》もあるが、暴風《ぼうふう》で折《お》れたようなところはない。

おかしい。台風で倒れたようには見えない。誰《だれ》かがむりやりに切り倒したのだ。いったいなぜ、そんなことを？

孝太《こうた》が首をかしげていると、「では」と声がした。

いつの間にか、そのひとは扇《おうぎ》を手にしていた。かすかな声で歌いながら、ゆっくりと踊《おど》りはじめる。

孝太はそのひとの姿《すがた》に見とれた。ときに足がよろめきもしたが、踊りがすすむにつれ、こわいように美しさを増《ま》していく。衣《ころも》のたもとから、ひかりがさすようだ。

「……は影《かげ》に　影は……りに　いれかわる……」

ひくく歌う声が、きれぎれに孝太の耳にとどく。はらりと衣がひるがえったとき、孝太は見た。そのひとのうしろに、満開の桜《さくら》がうかびあがるのを。

孝太は息をのんだ。いっしゅん、桜はまばゆいばかりにひかり輝《かがや》いた。目がくらむのとどうじに、桜も美しいひとも、ふっと姿を消していた。

「……そして孝太少年は家に帰り、憑《つ》かれたように絵を描《か》きはじめたのでありました」

烏帽子《えぼし》をつけたカエルの声で、希世《きせ》は我《われ》に返った。気がつけば先ほどまでのように、紙芝居《かみしばい》を前に根株《ねかぶ》に腰《こし》かけている。

最後の絵は、床屋《とこや》の正面を描いたものだった。動脈・静脈・包帯をあらわす赤・青・白の線がまわるサインポールと、「ボス」と書かれた犬小屋がある。

犬小屋をのぞけば、それはなじみ深い斉藤理髪店《さいとうりはつてん》の正面図だった。

(もしかして……)

孝太《こうた》少年の顔と、床屋のおじさんの顔がかさなる。

黒子のカエルが、「おしまい」という絵にさしかえる。烏帽子《えぼし》をつけたカエルがひょこりとおじぎして、しだれのおりゅうがゆったりと手をたたいた。

希世は立ちあがって、おりゅうにむきなおった。

「いまのはなに? 孝太って、床屋のおじさんのこと?」

「あいかわらず、かしましい子だねえ」

おりゅうは希世をかるくいなした。「柳座《やなぎざ》」と染《そ》めぬいた着物姿のカエルが、おりゅうに茶をはこんでくる。希世も足をつつかれて、ふりむいた。おなじ着物のアオガエルが、希世にも茶をさしだしている。

希世《きせ》は茶を受け取った。白いのどをそらして茶を飲むおりゅうに、また問いかける。

「説明してよ。いまの紙芝居《かみしばい》って、ほんとうにあったことなの？」

「これはただの紙芝居さ」とおりゅうはいった。「紙芝居は紙芝居。お話は、お話。そしてお話には真実がやどるってね。やれやれ、いまどきの子は、なにを教わっているのやら」

「あの踊《おど》ってたひとは、西の桜《さくら》の化身なのね」

おりゅうはカエルに湯のみを返し、いたましげに眉《まゆ》をひそめた。

「そうでなけりゃ、なんなんだい？　ヒトギツネに憑《つ》かれた人間は、罰当《ばちあ》たりにもご神木を根こそぎにした。それで自分たちが得をすると思いこんでいたんだから、愚《おろ》かな話さ。方陣《ほうじん》がくずれれば、守り手をうしなうのは人間なのに。それでも西の桜は今はの際《きわ》、孝太《こうた》の絵のなかに自分の魂《たましい》を封《ふう》じこめようとしたんだよ」

だまってしまった希世を見て、おりゅうは妖《あや》しい笑《え》みをうかべた。

「おまえさんは知りたくないかい？　おなじように切り倒《たお》された東の桜が、どこに魂を封《ふう》じこめたのか」

どくん、と希世の胸《むね》が鳴った。もちろん知りたい。けれどえたいの知れない不安が、からだをせりあがってくる。

それにおりゅうのことは、素直《すなお》に信用することができなかった。もしかしたら、ヒトギツネの一味ということだってある。

「どうして、わたしにいろいろ教えてくれるの？」

おりゅうは鼻で笑《わら》って、うちわをあおいだ。

「おや、疑《うたぐ》り深いこと。そりゃ親切心からに決まってるじゃないか」

「うそ」

希世はゆだんなくおりゅうを見つめた。おりゅうは立ちあがり、しなを作った。カエルたちが、その艶姿《あですがた》をほれぼれと見あげている。

「しだれのおりゅうをうそつき呼《よ》ばわりとは、小娘《こむすめ》のわりにいい度胸《どきょう》だね。あたしの幻《げん》さんが肩入《かたい》れしてる相手でなけりゃ、カエルにかえてやるところだ」

希世《きせ》は、気圧《けお》されてだまった。

「あたしは人間どもが花見をできなくなろうが、知ったことじゃないけどね。ごていねいに教えてやるのは、この件が片《かた》づけば、幻《げん》さんがおまえさんにかまう必要がなくなるからさ。小娘《こむすめ》にうろちょろされたら、目ざわりでしかたがないからねえ。いいかい、東の桜《さくら》はよみがえろうとしている。それにはあんたの力がいるんだ。とっとと『さくらまつり』を歌って、東の桜を転生させてやるんだね」

「転生って?」

「東の桜は自分が切り倒《たお》されることを知っていた。だから人間の娘をかどわかして、その身のうちに自分の魂《たましい》を宿らせたのさ。娘がおとなになったとき、その子どもとして生まれるために」

希世は胸《むね》がざわざわした。紅《あか》いくちびるをひらいて、おりゅうはいった。

「まだわからないのかい。あんたがほれた相手は人間じゃない。東の桜なんだよ」

希世は、なにがなにやらわからなかった。ぼうぜんとする希世の耳に、カエルの口上が聞こえてきた。

「さて、ご存《ぞん》じ柳座《やなぎざ》の紙芝居《かみしばい》。次回のだしものは『寿子《としこ》と東の桜』でございます。みなさま、こうご期待を」

14

(あれ、どうしたんだろう。今日は定休日じゃないのに)

斉藤《さいとう》理《り》髪店《はつてん》の表のカーテンがしめきりになっている。

(臨時《りんじ》休業?)

希世《きせ》が首をかしげていると、店のなかから声高《こわだか》にいい争う声が聞こえてきた。乱暴《らんぼう》に戸があき、人相《にんそう》の悪い男たちがでてきた。希世は物陰《ものかげ》に身を寄せた。

「悪いことはいわねえから、いまのうちにおとなしくでていくんだな。べっぴんのカミさんもガキもいるんだろうが」

二人組の男は、いやらしい笑《わら》いをうかべている。

「帰ってくれ！　二度とくるな！」

床屋《とこや》のおじさんが、希世が聞いたこともないような語気でいった。ぴしゃり、と戸が閉《し》まる。

「後悔《こうかい》するぜ」

「またくるからよ」

男たちは捨てぜりふを残すと、肩《かた》をいからせて去って行った。

（なんなの。あの男たち……）

ふたたび戸があき、ばさっと塩がまかれて、またぴしゃんと閉められる。

希世がとまどっていると、わき戸から大輝《だいき》が飛びだしてきた。小学生の、床屋の長男だ。

「大輝くん」

希世は声をかけた。こうして横に立つと大輝はもうほとんど希世と背《せ》がかわらない。

先ほどの出来事で興奮《こうふん》しているのか、大輝の目はいつになくきらきらとひかっていた。

「いまの男たち、なに?」

大輝《だいき》はむうっとくちびるをとがらせた。「地上げ屋」とはきだすようにいう。「オレたちに、ここからでて行けって」

「ええっ」

大輝は驚《おどろ》く希世《きせ》をじろりと見た。

「なんか用?」

見えない怒《いか》りの炎《ほのお》が、大輝の全身からゆらゆらと立ちのぼっている。

「あ、あのね、ちょっと聞きたいことがあって」

大輝は仁王立《におうだ》ちになったまま、希世の言葉を待っている。

「お父さんの名前を教えてくれない? 下の名前」

大輝は答えた。「孝太《こうた》だよ。親孝行の孝に、太郎の太」

「そう」

希世は動揺《どうよう》をかくして、ふたつめの質問をした。

「それとね、お父さんが昔『ボス』っていう名前のブルドッグを飼《か》ってたかどうか知ってる?」

「知ってる」。あっさりと大輝《だいき》は答えた。「オレも今度犬もらったら、『ボス』って名前にするんだ。卓也《たくや》んとこで、シェパードが子どもうむから」

卓也というのが誰《だれ》かわからないけれど、希世はうなずいてみせる。

(ほんとうに、そういう犬がいたんだ。でも、前におじさんが話してくれたのを、覚えていただけかもしれないし)

早く行きたいらしく、大輝は地面をとどんとけった。希世はみっつめの質問をした。これさえ否定《ひてい》してもらえれば気が楽になる。今日も学校で、一日中このことばかり考えていたのだ。

「ごめんね、あとひとつだけ。店じゃなくておうちのほうにもね、お父さんが描《か》いた絵って飾《かざ》ってある?」

「うん」

「でも、着物を着た女のひとが踊《おど》っている絵はないよね？」

「あるよ」。打てば響《ひび》くように大輝《だいき》が答える。

「桜《さくら》の前で踊ってるやつだろ？」

顔色をかえた希世《きせ》を、大輝は不信げに見た。

「なんで？」

「あ、べつになんでもない。どうもありがとう」

希世は、やっとのことでそういった。大輝は、はじかれたようにかけだして行った。


つぎの日。希世は目を赤くして校門をくぐった。夢《ゆめ》を見るのがこわくて、眠《ねむ》れぬ夜をすごしたのだ。

教室で、希世は寿和《としかず》のうしろ姿《すがた》から目がはなせなかった。

あんたがほれた男は人間じゃない。東の桜なんだ。

おりゅうの言葉が、トゲのように胸《むね》につき刺《さ》さっている。

(まさか。まさか、そんなことあるわけないじゃない。ばかげてる)

希世は、一時間目の授業が終わったことにも気づかなかった。亜楠《あなん》に髪《かみ》をひっぱられて、やっと現実にひきもどされる。

「で、署名《しょめい》はどのくらい集まった?」

「署名?」

希世はぽかんとする。亜楠がじれったそうにいった。

「伏戸《ふせど》の緑化プロジェクトの署名に決まってんじゃない」

そんなことはすっかり忘《わす》れていた。亜楠があきれて希世を見る。

「なんなのよ、希世は地元の人間じゃない。あのね、自分の街《まち》の問題なんだから、もっとまじめに取り組んでくれない?」

寝不足《ねぶそく》も手伝って、希世は思わずかっとした。

「そんなことといったって、わたしにもいろいろ都合《つごう》があるんだから。えらそうないい方するのはやめて」

亜楠《あなん》が目をぱちくりさせた。まわりにいた生徒も、ぽかんとして希世《きせ》を見つめる。

「らしくないね。なにいらついてんの？」と亜楠がいった。

希世ははっとして口を押《お》さえた。

（いっけない。夢《ゆめ》のなかで幻蔵《げんぞう》やおりゅうさんにぽんぽんものをいってるから、つい……）

「ごめん、そんなつもりじゃなくて、あの」

亜楠は肩《かた》をすくめて、席につく。

「あやまんなくてもいいけど。いつもの希世とちがうから、ちょっとびっくりしただけ」

自己嫌悪《じこけんお》におちいった希世は、そんな自分をじっと見つめる眼《め》があることに気づかなかった。

寿和《としかず》には、あいかわらず避《さ》けられていた。けれどその日は、ふたりきりになるチャンスがやってきた。理科の実験道具を片《かた》づける当番が、希世と寿和のペアだったのだ。

ほのぐらい理科準備室で、希世はどきどきした。寿和は希世と目をあわせず、無言で道具を片づけている。

こうして間近に見ていると、寿和が人間ではないとうたがったりすることが、ほんとうにバカバカしく思えてくる。

(どうしよう。思いきって話しかけてみようかな)

(そうだよ。希世、勇気をだして。安藤《あんどう》くんは、わたしの声がきれいだっていってくれたし。少なくとも、きらってる子にそんなことというわけないじゃない)

そう自分にいい聞かせて、希世は寿和に声をかけた。

「まだ、れいの夢《ゆめ》って見るの?」

寿和は手を止めずにいった。「なんのこと?」

希世はかるい調子でいった。

「ほら、毎晩《まいばん》おなじ夢を見るっていってたじゃない? 神社で。女のひとが手まねきするって」

「そんなことといったっけ」。寿和《としかず》は、そっけなく答えた。「女の子って好きだよね、そのての話」

寿和は希世《きせ》を残して、そそくさと部屋をでて行った。希世は胸《むね》を押《お》さえた。ぶすりと、氷の刃《やいば》で刺《さ》されたような気分だった。


放課後。亜楠《あなん》はさっさと部活へ行ってしまった。

帰ろうとした希世は、米倉満喜《よねくらまき》に呼《よ》び止められた。

「あ、吉井《よしい》さん、ちょっと待ってえ」

満喜はにっこりとほほえんだ。

「クリスマス劇《げき》のことなんだけど、ちょっと人手が足りないんだ。吉井さん時間あるでしょ？　台本とじるの手伝ってくれない？」

口をはさむ余地《よち》もなく、満喜はたたみかけてくる。

「いいでしょ？　ほかに手があいているひとがいないのよ。学校の伝統行事だもん。みんなで力をあわせて成功させたいじゃない。お願いだから」

満喜《まき》はお得意の拝《おが》むポーズをとって、希世を見あげた。ひとのいい顔で頼《たの》みこまれると、断るにも勇気がいる。それに満喜は希世の前にがしっと立ちはだかって、一歩もゆずらない気配だ。厚いレンズの奥《おく》で、目は笑《わら》っていない。

「……べつに、いいけど」

「やってくれる？　わあ、ありがとう！」

というわけで、行かされたのは新校舎の会議室だった。細長いテーブルにずらりと紙の山がならんでいる。コピーを台本にとじる単純《たんじゅん》作業なのだが、希世のほかにいる四人の女子はおしゃべりばかりして、いっこうに作業がはかどらない。たしか一組の女子たちだ。希世には話しかけようともせず、すこぶる感じが悪い。

希世が（まじめにやれよ）と思っていると、いちばん華《はな》やかな雰囲気《ふんいき》の子が声をかけてきた。

「ねえ、わたしたち本部に用があるから、ちょっとだけ席をはずすね」

作業をしていた希世《きせ》は顔をあげた。四人は、にやにやして希世を見ている。てきとうにさぼって、学食にジュースでも飲みにいこうとしているのがみえみえだ。

希世は腹《はら》が立ったが、だまってうなずいた。四人組は（しめしめ）という顔で、会議室をでて行く。

けっきょく、希世はひとりで作業をするはめになった。四人組は、待てど暮《く》らせど帰ってこない。

（ひどい連中。だけどやっぱり、亜楠《あなん》みたいにはっきりものはいえないよ。あそこで『作業が終わってから行けば？』なんていったら、ぜったい険悪《けんあく》な空気になってたし）

米倉満喜《よねくらまき》が顔をだしたときには、希世がひとりで台本をとじ終えていた。満喜はできあがった台本を見て「あ、できてる」といい、すぐに行ってしまった。

（ちょっとぉ、『お疲《つか》れさま』ぐらいいってくれない？　わたし、ほんとうは係でもなんでもないのに）

希世は疲《つか》れがどっとでた。校門をでる頃《ころ》には、もうとっぷりと日が暮《く》れていた。

（ああ、いやになっちゃう。いいように利用されちゃって。わたし、ほんとにバカみたい）

駅への道をとぼとぼ歩いていた希世の目に、『まほろば』のネオンがうつった。

（幻蔵《げんぞう》。ううん、ハルはいるかな）

財布《さいふ》には、まだドリンクの無料券が残っていた。ひと休みしてなにか飲みたいのはやまやまだ。でも、ひとりで喫茶店《きっさてん》に入るのも気がひける。どうしようかと迷《まよ》っていると、メールが着信した。

希世は携帯《けいたい》をひらいた。亜楠《あなん》からだ。

「ごめん。希世には悪いけど安藤《あんどう》とつきあうことにした。安藤は前からわたしのことが好きだったんだって。ほんとうにごめんね」

（なに、これ）

かあっと、すごい早さで全身を血がめぐった。希世は自分の目が信じられず、何度もメールを読んだ。

(うそ。ひどい。亜楠《あなん》ったら、いたずらでこんなこと書いてきて)

そのとき、希世《きせ》は窓越《まどご》しに信じられない光景を見てしまった。

『まほろば』の明るい店内。窓ぎわの席に腰《こし》かけて、寿和《としかず》が見たこともないような笑顔《えがお》をうかべていた。ふたりきりの、まぎれもないデート現場。

楽しげにしゃべっている相手は、亜楠だったのだ。

15

(うそつき。うそつき。亜楠《あなん》の大うそつき。安藤《あんどう》くんのことなんて、興味《きょうみ》ないっていったくせに)

夕飯もそこそこに自分の部屋にあがった希世は、ベッドにつっぷした。

親しげにしゃべっていた亜楠と寿和《としかず》の顔が、胸《むね》をきりきりとさいなむ。

(もしかしたら、わたしにかくれて、ふたりはとっくにつきあっていたのかもしれない。わたしだけ、なにも知らなかったんだ)

そう思うと涙《なみだ》がこみあげてきた。携帯《けいたい》から亜楠のアドレスを消去して、すべてのメールを削除《さくじょ》し、着信を拒否《きょひ》する。

泣《な》きつかれて、希世《きせ》は眠《ねむ》りに落ちていった。


たそがれの世界に、もやが立ちこめている。

しだいに見えてきたのは、うつむいて立っているひとの姿《すがた》だった。

うす桜色《さくらいろ》の衣《ころも》。長い髪《かみ》をたらしたそのひとは、四隅《よすみ》を御幣《ごへい》にかこまれた仕切りのなかにいた。

希世は逃《に》げだしたくなったが、その一方で（これは、安藤《あんどう》くんが見ていた夢《ゆめ》なんだ）と感じる。寿和《としかず》とおなじ夢を見ているという思いが、希世をその場にとどまらせた。

希世が見ていると、そのひとはぐんぐん背《せ》が高くなった。見る間に希世がふりあおぐほどの高さになる。見あげても、もう顔も見えない。

上のほうから、女の声が響《ひび》いてきた。

（ここは、わが約束の地。桜巫女《さくらみこ》の希世よ、われらをひとつにしておくれ）

かさなるように、かすかな男の声が響いてくる。

（いいや、希世。わたしたちに関わってはいけない。桜巫女になることは悪《あ》しき輩《やから》の標的となること。わたしも、ひとつになることは望まぬ）

（なにをいわれるか）と、女は男に言葉を返した。（そなたはわたくしの分身。ひとつになるのがわれらの運命。いやしくも東の桜が、使命を忘《わす》れてなりましょうか）

男はなにか答えたが、希世の耳にはとどかなかった。ふたたび、女の声がふりそそがれた。

（希世。桜をまつるは、そなたの使命。いまこそ、かくれたものを取りだし、わかれたものをひとつにするのじゃ！）

うす衣《ごろも》がたなびき、希世をつつみこもうとせまってくる。

「いやああああっ」

希世は叫《さけ》ぶと、衣をなぎはらった。なかみはなく、希世はもんどりうってころんでしまった。衣は希世にからまったかと思うと、煙《けむり》のように消えた。

あとには、いつもより濃《こ》い闇《やみ》が残るばかり。

希世《きせ》は腰《こし》をさすって、のろのろと立ちあがる。

「希世」

ふり返ると、糸の幻蔵《げんぞう》が立っていた。きびしい顔で腕組《うでぐ》みをしている。

「帰れ。そんな禍々《まがまが》しい心をかかえて、ここにいてはならぬ」

希世の胸《むね》に、むらむらと反発心がわいてきた。幻蔵はかさねていった。

「帰るのだ、希世。目をさませ。またヒトギツネにつかまるぞ。そうなっても、わたしはいまのおまえを助けることができぬ」

なにも答えず、希世は幻蔵に背《せ》をむけて歩きだした。たちまち、幻蔵が前に立ちはだかる。

「ほっといてよ」と希世はいった。

「そうはいかぬ」

幻蔵は刀をぬきはなった。「八重《やえ》の雫《しずく》にふれてみるがいい」

希世は刀を見つめた。この間とおなじ木刀。

指先をすべらせた希世は、するどい痛《いた》みを感じて手をひいた。ひとさし指が切れ、血がしみだしている。

希世はぼうぜんとして、ななめに走る刀傷《かたなきず》を見つめた。

幻蔵がいった。

「これでわかっただろう、いますぐここをでるのだ。わたしについてこい」

じんじんと指の傷がうずく。涙《なみだ》がこみあげてきて、希世はくちびるをかんだ。

「いや」

希世はやみくもに歩きだした。そうしながらも、希世は内心、幻蔵がひき止めてくれることを期待していた。

ところがいくら待っても、幻蔵が声をかけてくる気配がない。希世は待ちきれなくなってふりむいた。もやにけむる道が見えるだけで、幻蔵の姿《すがた》は見あたらない。

「幻蔵？」

希世は呼《よ》びかけた。

「幻蔵《げんぞう》？　ねえ、いるんでしょ？」

返事はなかった。遠くで、けものの吠《ほ》えるような声がした。

ふいに、希世《きせ》はこわくなった。またヒトギツネに襲《おそ》われたら、自分はいったいどうなってしまうのだろう。

（だいたい、ここはどこ？）

この間の夢《ゆめ》で見たような、立派《りっぱ》な屋敷《やしき》が立ちならんでいる。ひっそりした道をしばらく歩いていくと、土手《どて》にでた。

土手ぞいに、みごとな桜並木《さくらなみき》がつづいていた。桜はけむるようなひかりをあたりにはなっている。土手にあがって見おろすと、蛇行《だこう》する清流がそこにはあった。両岸は緑でおおわれ、太い木の根方が水に沈《しず》んでいる。高いビルなど影《かげ》もない。それは、まさに希世がこのようであってほしいと思うような、雲湧川《くもわきがわ》の風景だった。

下流には、現実には鉄橋があるあたりに、美しいアーチ型の橋がかかっていた。上流からいっぽんの支流がわかれ、そこには太鼓橋《たいこばし》がいくつもわたされている。

（現実よりずっときれいだけど、ここって、川の位置や道すじは伏戸《ふせど》と似てるみたい）

希世は、ふりかえってうす闇《やみ》に沈《しず》む家並《やな》みを見た。空が広いように思うのは、電線が一本もないからだ。家並みがとぎれたところから、こんもりとした森がはじまっている。ところどころに湖沼《こしょう》があるのか、丸くひかる水面がちらほらと見えていた。そして彼方《かなた》には数え切れない桜がひかりの帯を作り、すべらかな稜線《りょうせん》の山がそびえている。

（なんてきれいなんだろう。常世《とこよ》の里《さと》。幻蔵がそういっていたっけ）

希世はうっとりとしてその風景に見ほれていた。けれど手前に目をむけると、一匹《ぴき》のヒトギツネが角をまがってくるのが見えた。

希世はあわてて身を伏《ふ》せる。

（うわっ。あいつらに見つかったら、大変なことになる。どうしたらいいんだろう。どこか安全なところは……）

そこまで考えて、希世は気がついた。

（そうだ。大桜《おおざくら》。桜坂に行けば安全じゃない。ヒトギツネは桜坂に入ってこられないんだから）

希世は支流の位置から場所の見当をつけ、歩きだした。しばらく歩きまわると、運よく桜坂へつづく道にでることができた。

いさんで桜坂にかけこもうとして、希世はひかりを見た。

（まぶしい）

大桜が、こうこうとしたひかりをはなっている。希世は目がくらんで顔をおおった。まぶしくて、まともに目をあけていられない。そのうえ熱波が桜から噴《ふ》きだしていて、死ぬほど熱い。身を焼かれてしまいそうだ。

（いったいどうしたんだろう。わたし、あのひかりがこわい）

桜坂に入ることなど、とてもできそうになかった。希世はひかりがとどかない暗がりまで、逃《に》げるように退《しりぞ》いた。

（どうしよう。そうだ。家に行ってみよう。この夢《ゆめ》のなかにも、わたしの家があるか

もしれない）

希世は桜坂を迂回《うかい》して、家のあるほうへむかった。周囲に立っているのは現実とちがって煉瓦造《れんがづく》りの重厚《じゅうこう》な建物だったが、とにかく自分の家がある位置にたどり着く。

（ここ……？）

それは、たしかに自分の家だった。けれどすっかり荒《あ》れ果《は》てて、ひとが住んでいる気配がない。くろぐろと、静まり返った家屋。塀《へい》はくずれ、前庭がむきだしになっている。

希世は倒《たお》れている門扉《もんぴ》をまたいで庭へ入った。庭の草木は枯《か》れていた。とくに桜は、雷《かみなり》にでもうたれたようなありさまだった。なまなましい木肌《きはだ》をさらして、枝《えだ》が折《お》れまがっている。

希世はまっくらな家のドアに手をかけた。鍵《かぎ》がかかっている。

「お父さん！　お母さん！　わたしよ。あけて！」

チャイムを鳴らしても、ノックしても、呼《よ》びかけても返事はなかった。窓《まど》にもすべて鍵《かぎ》がかかっている。自分の家に入れないというのは、ひとをなんとみじめな気分にさせるのだろう。

ぐったりして家を見つめていると、通りをなにかがやってくる音がした。

希世《きせ》は桜《さくら》のうしろに身をひそめた。もやのなかから誰《だれ》かが歩いてくる。

(誰？　もしかして安藤《あんどう》くん？)

歩いてくる人影《ひとかげ》は道に迷《まよ》ったような、おぼつかない足どりだった。すこし歩いては立ちどまり、きょときょととあたりを見まわしている。戸定《とじょう》中学の制服を着た女の子だ。

(亜楠《あなん》)

希世は亜楠がここに来たことに驚《おどろ》いた。それ以上に意外だったのが、亜楠がうかべている表情だった。おどおどした不安げな表情。背《せ》を丸めた、びくびくとした歩き方。それは希世が見たことのない亜楠の姿《すがた》だった。

(亜楠ったら、よっぽどこわいんだ)

いい気味だ、という気持ちが希世の胸《むね》にわいた。

（わたしにうそついて、安藤くんとつきあって。いつもいつも自信たっぷりで、自分が世界の中心みたいに思ってる。たまには、こわい思いをしたほうがいいのよ）

希世の胸にくろぐろした思いが広がっていく。

そのとき亜楠の目の前の地面から、むくりと影《かげ》が起きあがった。ヒトギツネだ。

希世は桜の幹《みき》にしがみついた。ヒトギツネは、がばりと亜楠に飛びかかった！

亜楠の絶叫《ぜっきょう》に、希世は腰《こし》の力がぬけた。

（やだ。やだ。どうしよう。助けて。誰か助けて。幻蔵《げんぞう》！）

ヒトギツネはおそろしいうなり声をあげ、亜楠を組みしいている。亜楠が助けを呼《よ》んで叫《さけ》んだ。

希世は飛びだして行くことができないでいた。桜の根方にしゃがみこみ、ぶるぶるふるえながら耳をふさぐ。

（だいじょうぶ、だいじょうぶだって。これは夢《ゆめ》なんだから。べつに、亜楠がほんと

うに襲《おそ》われてるわけじゃないんだから。わたしがでて行ったって、助けられるわけじゃなし)

ふいに静かになった気がして、希世《きせ》は耳をふさいでいた手をはなした。亜楠《あなん》の悲鳴も、ヒトギツネの荒《あら》い息も聞こえない。あたりはしんとしている。

希世はおそるおそる通りをのぞいてみた。はっきりとは見えないが、亜楠が地面に横たわっている。希世は全身が総毛《そうけ》だった。

おおいかぶさっていたヒトギツネが、ゆっくりとからだを起こす。

背《せ》をむけていたヒトギツネは、まるで人間のように二本足で立ちあがった。毛むくじゃらの手にはえた、するどいかぎ爪《づめ》が見える。

ヒトギツネはくるりとふりむいた。

にたりと笑《わら》ったヒトギツネの顔を見て、希世は絶叫《ぜっきょう》した。

それは、自分の顔だった。

16

びっしょり寝汗《ねあせ》をかいて、希世《きせ》は目ざめた。

(ああ、最悪。こんないやな夢《ゆめ》、はじめて)

起きようとした希世は、まばたきをした。

(うそ)

寝ていたのは自分のベッドではなかった。そこは、つめたい道のうえ。明け方とも夕暮《ゆうぐ》れともつかないおぼろげなひかりに沈《しず》む、時の流れのない街《まち》だった。

(まだ、夢のなかなんだ)

泣《な》きたい気分のまま、希世はのろのろと立ちあがった。荒《あ》れ果《は》てた自分の家はもうなかった。ふるい土塀《どべい》のつづく、見覚えのない通りだ。

（ここはいったい、どのあたりなんだろう）

左をむいても右をむいても、とくにめだった建物はなかった。ひとが住んでいることを感じさせない、高い塀《へい》のある家ばかり。どちらへすすめばいいかわからず、希世《きせ》はとほうに暮《く》れた。

（とにかく、すこし歩いてみよう。見覚えのあるところにでるかもしれないし）

希世はふらふらと歩きだした。うすもやがたなびき、あたりは静まり返っている。まがり角にさしかかるたびに、希世は期待をこめて道を選んだ。けれどいくら歩いても、自分がどのあたりにいるのか見当はつかなかった。通りはしだいにさみしくなり、空《あ》き地《ち》や廃屋《はいおく》が目につくようになってきた。

希世は心細くてたまらなかった。

（もういや。この夢《ゆめ》、いつになったらさめるんだろう）

ためしにほほをつねったりしてみたが、感覚があるだけで目をさますことはできない。はだしで歩いている足はどんどん重くなっていく。涙《なみだ》がこみあげてきて、希世は目をこすった。

ふたたび顔をあげた希世は、ぞくりとした。くずれた塀《へい》のうえに、一匹《ぴき》のヒトギツネが腹《はら》ばいになっていたのだ。

気がつけばいつの間にか、あちらにもこちらにもヒトギツネの姿《すがた》があった。草むらに一匹。屋根のうえに二匹。行く手にも、数匹のヒトギツネがうろついている。

ヒトギツネは希世に襲《おそ》いかかる様子を見せなかった。おもしろいものでも見るように希世をうかがっている。一匹のヒトギツネが脅《おど》かすように飛びだしてきたが、希世のまわりを一周しただけで、しっぽをふって行ってしまった。

ククククク……という笑《わら》い声がもれてくる。

「ああ、かわいそうに」

「あの子をごらん。まだわかっていないんだ」

「もとの世界には、二度ともどれないのにねえ」

「もどれない。もどれない」

「お父さんにもお母さんにも、もう会えないよ」

「二度と帰れないんだよ」

「やめて！」と希世《きせ》は叫《さけ》んだ。ヒトギツネの群れから逃《のが》れようと、痛《いた》む足をひきずってかけだす。

つかずはなれず、ヒトギツネたちはひたひたと、どこまでも追いかけてきた。

「どこへ行くんだい。どこへも行けないのに」

「それより、おれたちの仲間におなり」

「いやでも、そうなるよ。友だちを襲《おそ》ったくせに」

ヒトギツネたちは青白い息をはいて、いっせいに笑《わら》った。

（ちがう。ちがう。わたしは亜楠《あなん》を襲ったりしていない）

希世は全力で走った。けれどヒトギツネたちは、ぴたりと希世についてくる。

「ああ、ほら、ごらんよ」

一匹《ぴき》のヒトギツネが、うれしそうにいった。「ごらん、あの手を」

希世は自分の手を見た。両手が、どんどん毛むくじゃらになっていく。にょきり、と爪《つめ》がとがった。

希世はからだを折《お》って絶叫《ぜっきょう》した。

そのとき、一陣《いちじん》の風が吹《ふ》きつけた。

「あわてるのはおよし。ただの目くらましだよ」

あでやかな着物姿《きものすがた》であらわれたのは、粋《いき》な女だ。いわずと知れた、しだれのおりゅう。

「おりゅうさん！」

おりゅうは、ほれぼれするような笑《え》みをうかべた。希世はおりゅうにかけ寄った。

おりゅうにすがりついた手をみると、それはいつもの、すべすべした自分の手だった。

ヒトギツネたちはいきり立った。

「邪魔《じゃま》だてするな、女。命はないぞ」

おりゅうは鼻で笑《わら》った。

「しゃらくさいねえ。あたしを誰《だれ》だと思ってるんだ。たかがヒトギツネが、しだれのおりゅうに指一本でもかけられるものか」

ヒトギツネたちがうなり、赤い目がひかった。「そのへらず口、後悔《こうかい》するぞ」

おりゅうは希世《きせ》を背中《せなか》にかばい、ささやいた。

「桜巫女《さくらみこ》のお嬢《じょう》ちゃん、あたしの帯にしっかりつかまっているんだよ」

希世がうなずいてつかまるのと同時に、ヒトギツネが飛びかかってきた。しなやかに、おりゅうは身をかわした。いきおいあまったヒトギツネが、どさりと横転する。

おりゅうがにっと笑った。するとヒトギツネたちは、いっせいに襲《おそ》いかかってきた！

希世はつかまっているのに必死で、なにがなんだかわからなかった。けれどおりゅうは、つぎつぎに襲いかかるヒトギツネたちの動きをすべて見切っていた。ひらり、ひらり。柳《やなぎ》が風にしなうように、髪《かみ》一本の差で、すべての攻撃《こうげき》をかわしていく。

からぶりばかりで、しだいにヒトギツネたちの息があがってきた。しだれのおりゅうの息は毛筋《けすじ》ほどもみだれない。あせるヒトギツネたちをしり目に、おりゅうはついとかんざしをなおした。

おりゅうひとりなら、ヒトギツネたちがあきらめるまで、いつまでも身をかわすことができただろう。けれど希世は、おりゅうのようには動けなかった。必死に帯につかまっていたのだが、足がもつれて、どさりと尻《しり》もちをついてしまった。

おりゅうがはっとした。そのいっしゅんの隙《すき》をヒトギツネは見逃《みのが》さなかった。するどい爪《つめ》が、おりゅうの肩《かた》にぶすりと刺《さ》さる。

「おりゅうさん！」

希世は悲鳴をあげた。肩を押《お》さえたおりゅうの手から、血があふれだしてくる。

髪《かみ》をみだして、おりゅうはいった。

「こいつらはあたしが引き受けた。お嬢《じょう》ちゃん、あんたはお逃《に》げ」

「でも」

「足手まといなんだよ。とっととお行き」

また飛びかかってきたヒトギツネをからくもかわして、おりゅうは気丈《きじょう》な笑《え》みをうかべた。

「幻《げん》さんに会ったら、忘《わす》れずにいうんだよ。あたしのおかげで助かったって」

希世《きせ》はこくんとうなずいた。見れば道のむこうで、「こっち、こっち」とアオガエルがはねている。希世はそこへむかってかけだした。

アオガエルは、希世を先導するようにはねていく。希世はもう一度ふりむいた。よろめきながら、おりゅうがヒトギツネたちとたたかっている。

「早く、早く」

アオガエルが、ぴょんぴょんはねて希世をうながした。「おりゅう姐《ねえ》さんは、だいじょうぶ。兄さんたちが来た」

見ればいきり立ったトノサマガエルの大群が、わらわらとおりゅうの救援《きゅうえん》にむかっている。

「あいつら、姐《ねえ》さんに手をかけやがったぞ!」

「やっちまえ！」

「おりゅう姐《ねえ》さんを守れ！」

ゲコゲコという、いさましい声が唱和する。トノサマガエルの一群は、希世を追ってきたヒトギツネにも飛びついた。目をふさがれたヒトギツネは、頭をふりまわして横倒《よこだお》しになった。

「早く、早く、西へ、西へ！」

アオガエルに導かれて、希世はけんめいに走った。丘《おか》を越《こ》えて走って行くと、しだいに道の両側は落ち着いた家並《やな》みになってきた。

けれどまたうしろから、あらたな追っ手がせまってきた。それをおそれてか、アオガエルは疎水《そすい》に飛びこんでしまった。

希世は走りつづけた。静まり返った街並《まちな》みの先にただひとつ、なにかがひかりをはなっている。

赤と青と白の線がまわるサインポール。あそこに床屋《とこや》があるのだ。

（おじさん。助けて）

ひかるサインポールが、灯台《とうだい》のように希世《きせ》を招いている。希世はいっしんにそこをめざした。

ヒトギツネのうなり声がせまってくる。遠くで「希世ちゃん」という声がした。


「希世ちゃん、希世ちゃんったら」

母の声がした。希世は目をあけた。

母があきれ顔で、希世を見おろしている。

「いつまで寝《ね》てるのよ。遅刻《ちこく》しちゃうわよ」

「お母さん」

いつもはうるさいと思っている母が、聖母《せいぼ》のように見えた。幼《おさな》い子どものように、希世は母にしがみつく。

「お母さん、お母さん」

うっとりするようなぬくもりが伝わってくる。「なぁに、ねぼけちゃって」といいながらも、母は希世の背中《せなか》をやさしくなでてくれた。

目にうつるのは、なつかしい自分の部屋だ。

(もどってきたんだ)

わが家にいるということのありがたさで、希世は胸《むね》がいっぱいになった。うっすらと涙《なみだ》がこみあげてくる。母は、そんな希世をいぶかしげに見た。

「いったいどうしたの。こわい夢《ゆめ》でもみたの?」

希世はうなずいた。そう。こわい夢。すごくこわい夢だった。

「いいから、早くしたくしなさい。ほんとに時間ないわよ」

そういうと、母は部屋をでて行った。顔をぬぐった希世は、ふと痛《いた》みを感じて指先を見た。

そこには、糸をひいたような切《き》り傷《きず》が残っていた。

17

顔を洗《あら》うと、指の傷《きず》がしみて痛《いた》んだ。いつも希世《きせ》よりあとにでる父が、もうしたくをすませている。

希世は時計を見た。8時30分。いま家をでたとしても、一時間目にはぜったいに間にあわない。おまけに、今日の一時間目は内田先生の英語だ。

パジャマ姿《すがた》でぼうっとしたままの希世に、母がいった。

「なにしてるの。具合でも悪いの？」

「うん、ちょっと」。行きたくないという気持ちが勝って、希世は答えた。「なんかふらふらする」

母が心配そうに希世を見る。

「そういえば顔色がよくないわね。調子が悪いなら休めば?」

(そうだな。ほんとに、ちょっと気分悪いもの。いいや、今日は休んじゃおう。テストもないし、金曜日だから三連休になる)

靴《くつ》をはいていた父がふりむいた。

「熱があるのか?」

「あ、どうだろ。はかってみる」

「熱がないなら、遅刻《ちこく》しても行きなさい」

そういって、父はでて行った。まいったな、と希世は思った。父にはお見通しというわけだ。

「お父さんもああいってるし、したくすれば?」

母が、あっさり意見をかえた。

それにしても、わずか三十分のちがいで、世界というのはなんとかわって見えるのだろう。

駅をおりたときから、そうだった。見なれた通学路も、ぞろぞろ歩く制服姿《すがた》の生徒たちがいないと、ひどくがらんとしている。開店前でシャッターがおりている『まほろば』の前を、希世《きせ》は足早に通りすぎた。

希世の目には、自分の学校がやけによそよそしく感じられた。ひっそりした下足室をぬけ、そろそろと教室の戸をあける。

中をのぞきこんで、希世はぎょっとした。希世に注目した生徒たちは、知らない顔ばかりだ。

(まだ、夢《ゆめ》のつづきなんだ)

希世が棒立《ぼうだ》ちになっていると、教壇《きょうだん》から声がかかった。

「吉井《よしい》」

希世は教壇を見た。国語の藤木《ふじき》先生だ。

「おまえ、あいかわらずトンマだなあ。遅刻《ちこく》したうえに、教室までまちがうなよ」

たしかめると一年生の教室だった。生徒たちがくすくす笑《わら》っている。

「す、すみません！」

希世はまっかになって顔をひっこめた。すぐさま自分の教室へいき、うしろの戸をあける。

内田先生が説明を中断して、じろりと希世をにらんだ。希世は顔を伏《ふ》せてそそくさと席についた。

となりの席はからっぽだった。亜楠《あなん》が来ていない。

視線《しせん》を感じて目をあげると、寿和《としかず》と目があった。寿和の目はまぎれもなく気がかりな色をたたえている。

（亜楠とつきあってるくせに）

顔をそむけて、希世はせつなさをかみしめる。それより、亜楠のことが気になった。どうして欠席しているのだろう。手足を投げだして地面に倒《たお》れていた亜楠の姿《すがた》が、なまなましくよみがえってくる。

（まさか、そんな。夢《ゆめ》とは関係ないよね）

そう思いたかった。けれど自分の指先には、くっきりと刀傷《かたなきず》がついているのだ。こんな切り傷が寝《ね》ている間につくはずがない。これは八重《やえ》の雫《しずく》がつけた傷だ。

希世《きせ》は不安でたまらなくなった。内田先生は黒板にむかって例文を書いている。こっそり携帯《けいたい》を取りだして、机《つくえ》の下で電源《でんげん》を入れた。

着信履歴《りれき》をチェックしていて、希世は指を止めた。亜楠《あなん》からのメールが一通もない。

（ああ、そうだ。ゆうべ全部削除《さくじょ》しちゃったんだ）

あらためてアドレスを打っていると、せきばらいが聞こえた。

顔をあげると、内田先生がすぐそこにいた。先生は希世から携帯を取りあげた。

「授業中には携帯に触《さわ》るなっていってあるでしょ。ましてメールするなんて、どういうつもり？　これは没収《ぼっしゅう》します」

「没収」の言葉に教室がどよめいた。「かわいそー」と米倉満喜《よねくらまき》が声をあげる。内田先生は肩《かた》をいからせて教壇《きょうだん》にもどった。

はずかしさとくやしさで、全身がほてる。希世は顔をあげることもできなかった。

「吉井《よしい》さん、目が赤い。寝不足《ねぶそく》?」

トイレで声をかけてきたのは米倉満喜だ。希世は思わず鏡をのぞきこんだ。

満喜はポーチから油取り紙をだして、ぺたぺたと顔に押《お》しつけている。

「望月《もちづき》さん、いまごろ病院だね」

(えっ)

希世は耳をうたがった。満喜は鏡をのぞいて、せっせと髪《かみ》をなおしはじめた。

「お父さん、たいしたことないといいね」

「亜楠のお父さんがどうかしたの?」

「うそ。知らないのお?」

満喜があきれたように希世を見た。「お父さんが事故にあったっていうメール、わたしにも来たのに。ねね、愛《あい》ちゃんも知ってるよね?」

声をかけられた西村愛もうなずいている。

(亜楠《あなん》のお父さんが事故に……)

そういえば、亜楠から家族の話をほとんど聞いたことがないことに希世《きせ》ははじめて気づく。

「望月《もちづき》さんからメール来なかったの?」と、満喜《まき》はいった。

「あ、うん」

希世はごまかしながら、亜楠からとどいたメールを思いだす。寿和《としかず》とつきあうことにした、というメールだ。

満喜は希世の表情を横目でうかがっている。

「望月さんがお休みじゃ、安藤《あんどう》くんもさみしいよね」

希世の胸《むね》がひりりと痛《いた》む。西村愛が(まずいよ)というように満喜をつつく。満喜は話題をかえた。

「ねえ、望月さんの署名《しょめい》運動って、吉井《よしい》さんもいっしょにやってるの？」

「え？　べつに、いっしょにやってるわけじゃ」

「わたし、あれはやめたほうがいいと思うなー」

深刻《しんこく》な表情で満喜はいった。

「吉井さんもほんとの友だちならさ、やめるようにいってあげたほうがいいと思うよ。だって、稲尾《いなお》建設にまっこうから反対するような運動でしょ」

「稲尾くん、やっぱり怒《おこ》ってるの？」

「ていうか、望月さんのおうちの問題だよぉ。だって望月さんのお父さんって、稲尾建設の重役じゃない」

「ええっ、そうなの？」

「そうなのよぉ。稲尾くんから聞いて、わたしもびっくりしちゃった」

満喜がランコムのリップグロスを取りだして、ていねいに塗《ぬ》っている。

「望月さんも、お父さんの立場を考えてあげないとねぇ。だってさあ、もしかしたら事故だって、お父さんが悩《なや》んでたせいで起きたのかもしれないじゃない？　それでもし……なんてことになったら、望月《もちづき》さんだって一生後悔《こうかい》すると思うなあ」

心配でならないという顔をして、満喜《まき》は立ち去った。満喜の使った油取り紙が洗面《せんめん》台《だい》にぺたりと貼《は》りついている。希世《きせ》はげんなりした。指先でつまんで、くずかごにほうりこむ。

稲尾《いなお》建設の悪口をさんざんいっていた亜楠《あなん》。正義感の強い亜楠なら、父親がそんな会社の重役でいることが苦痛《くつう》だったにちがいない。それにしても、娘《むすめ》が親の仕事にまっこうから反対する運動をしているとなれば、家庭は大もめになることは想像がついた。

(親友だと思ってたのに。わたし、亜楠のことなんてなにも知らなかったんだ)

夢《ゆめ》も現実も、どんどん思いがけない方向にすすんでいく。乗り切る力が自分にあるとは、希世はとうてい思えなかった。

放課後になると、希世は重い足取りで職員室へ行った。

とりあえず内田先生にあやまって、携帯《けいたい》を返してもらわなければいけない。

「失礼します」といって教員室をのぞきこむと、大あくびしている藤木《ふじき》先生が見えた。

「おお、どうした、吉井《よしい》」

藤木先生が、持ち前の大声で声をかけてくる。

「あの、内田先生は」

「内田女史かあ？　ここにはいないぞ。クリスマス劇《げき》の打ちあわせなんじゃないか」

「ああ……で、どこにいらっしゃるんですか？」

「知らん！」

きっぱりといって、藤木先生はひげの伸《の》びかけたアゴをなでた。毛深いのだ。

「なんだ。追いつめられた小動物みたいな顔してるぞ。携帯でも取られたか？」

「え、あの」

希世はつまった。ひょうひょうとしているわりに、藤木はけっこうあなどれない教師なのだ。

「ま、いそうなところをさがしてみろ」

希世《きせ》がドアを閉《し》めようとすると、藤木《ふじき》先生がいった。

「吉井《よしい》、おまえはクリスマス劇《げき》でなにもやらんのか？」

「あ、とくに」

「ほんとにおまえは小心者だなあ。人生、勇気だぞ」

人生、勇気だというのは藤木の口ぐせだった。希世はドアを閉めると、内田先生がいそうなところを考えはじめた。

ミーティングルームには内田先生はいなかった。部室棟《とう》へ行くと、演劇部《えんげきぶ》の部室前に人だかりができていた。

部室のなかから、きゃあきゃあとはしゃぐ声がする。東方の三博士の衣装《いしょう》で、ひげをつけた女子生徒が笑《わら》っているのが見えた。衣装あわせのはずが仮装《かそう》大会になっているらしい。「安藤《あんどう》くん」という声が聞こえた気がして、希世はなかをのぞきこんだ。

毛ずねを丸だしにした天使たちが、机《つくえ》に座《すわ》った生徒の肩《かた》を押《お》さえつけている。演劇部の子が座っている子に化粧《けしょう》をほどこし、みなが変身を見守っていた。

希世にはうしろ姿《すがた》しか見えなかったが、顔をのぞきこんでいた女生徒たちが興奮《こうふん》して叫《さけ》ぶ。

「うわっ。超《ちょう》きれい」

「すっごーい。マジきれい！」

メイク係の子が、満足げに「完成！」といった。入り口に集まっていた子たちが「こっちむいてぇ！」と口々に叫ぶ。

ロングのストレートヘアのかつらをかぶり、マリア役の白いドレスを着た生徒はむりやりに立たされ、ふりむかされた。

女装《じょそう》した寿和《としかず》だった。女生徒たちは歓声《かんせい》をあげた。口をあけて見とれている男子もいる。希世のとなりの女子が「うわ、負けた」といった。

希世だけが、背筋《せすじ》を凍《こお》らせて寿和の姿を見つめていた。

（東の桜《さくら》）

寿和《としかず》の姿《すがた》は、夢《ゆめ》のなかにでてきたひととうりふたつだった。寿和と希世《きせ》の目があった。

すべるように、寿和が希世に近づいてきた。希世をひたと見すえて、寿和が口をひらく。

「さくらまつりの呪文《じゅもん》は、そなたのなかにある」

わななく声は、いつもの寿和のものではなかった。まわりの生徒たちは、ぽかんとして寿和を見つめている。

夢と現実がひとつになって、希世にせまってくる。

そのとき「やだー、もう、まじめにやってよぉ」と声をあげて部室に飛びこんできた女生徒がいた。米倉満喜《よねくらまき》だ。

「さあ、遊びの時間は終わり。ちゃんと衣装《いしょう》あわせしてよね。安藤《あんどう》くんは羊飼《ひつじか》いの役でしょ？」

満喜に肩《かた》をたたかれて、寿和は我《われ》に返った。まじまじと自分の姿を見、あわててドーランをぬぐいはじめる。

希世はとっくに、その場を逃《に》げだしていた。

18

自分の部屋にあがった希世《きせ》は、見なれないものに気づいた。
ジャムの空《あ》きビンに木炭を入れたものが、部屋のあちこちに置いてある。誰《だれ》かが勝手に希世の部屋に入ったのだ。
希世は気味が悪くなった。それでも母を呼《よ》ぶ前に、机《つくえ》の引きだしをあけて秘密《ひみつ》のノートをたしかめる。はさんでおいたしおりはそのままだ。それは日記がわりのノートで、誰にもいえない本音を詩にしてつづったものだった。自分で読み返しても赤面するような恋《こい》の詩もあるし、誰かに読まれたら爆死《ばくし》するほかはない。
希世はノートをしっかり引きだしの奥《おく》にしまいなおして、階下に声をかけた。

「お母さーん、これいったいなに？」

なにごとかとやってきた希世の母は、こともなげにいった。

「ああ、これ、夢封《ゆめふう》じの炭」

「夢封じ？」

「希世ちゃん、きのう悪い夢を見てうなされてたでしょう。部屋の四隅《よすみ》に炭を置いておくとね、悪い夢を見ないのよ」

母は自信たっぷりだ。炭の入った空きビンはたしかによっつある。

「もうっ。勝手に部屋に入らないでっていってるのに」

「なによ。心配してあげたんじゃない。べつになんにも触《さわ》ってないいんだから、文句いうことないでしょ」

母はぷりぷりして行ってしまった。勝手に部屋に入られるのは頭にくるが、夢封じのお守りはありがたい。あんな悪夢《あくむ》を見ないですむなら、わらにもすがりたい気分だ。

（まあ、例によって効《き》き目があるかどうかは疑問《ぎもん》だけど）

希世《きせ》は母がてきとうに置いた四組の炭を、きちんと部屋の四隅《よすみ》にセットしなおした。それが終わると、希世は心が落ち着いてくるのを感じた。迷信《めいしん》ぎらいの父親はあきれるだろうが、なんとなく守られているような気がしてくる。

(そうよ。変な夢《ゆめ》さえ見なければいいんだもの。神様、もう二度とヒトギツネのでてくる夢を見ませんように)

希世がいたのは、陽《ひ》のさしこむ戸定《とじょう》中学の校舎だった。

がらんとした廊下《ろうか》を亜楠《あなん》に似た女生徒がかけて行く。希世はあとを追ったが、すぐに見失ってしまった。廊下をモップがけしている藤木《ふじき》先生が、「人生、勇気だ」とくり返している。内田先生は階段《かいだん》に座《すわ》りこんで、泣《な》きながらしゃべっていた。使っているのは希世の携帯《けいたい》だ。

希世は校舎を歩きまわったが、ほかには誰《だれ》にも会わなかった。白いカーテンがゆうらりと帆《ほ》のようになびく。中庭へ行くと、水盤《すいばん》の水がかれていた。

校舎にもどると、藤木先生と内田先生もいなくなっていた。

明るくて、しんとして、ひとはひとりもいない。

「誰《だれ》もいないの?」

希世は声にだしてみた。がらんとした校舎に、声がむなしく響《ひび》く。

静かな校庭に、希世はでた。

「ねえ、誰もいないの?」

それに答えるかのように、空から歌が響いてきた。

生まれては消え　消えては生まれ
光は影《かげ》に　影は光に
いれかわるかわるいれかわる

希世は目をあけた。あわいピンクの花柄《はながら》の壁紙《かべがみ》、朝日のさしこむ自分の部屋。

歌はまだ聞こえている。

光は影《かげ》に　影は光に

希世《きせ》はからだを起こした。歌はまだ聞こえている。

いれかわるかわるいれかわる

（お母さんの声）

朝食のしたくをしながら、母が歌を歌っているのだった。歌に導かれるように、希世は階段《かいだん》をおりて台所へ行った。

「あら、お休みの日なのに、めずらしく早いじゃない。どう、こわい夢《ゆめ》は見なかったでしょ？」

希世はうなずいた。とくべついい夢ではなかったし、ひどくせつない感じもした。けれど、たしかにヒトギツネやたそがれの街《まち》はでてこなかった。

「ねえ、それよりいまの歌、なに?」

「え?」

「お母さんがいま歌ってたの、なんていう歌?」

「ああ、これは子守歌よ。赤ちゃんの頃《ころ》、よく歌ってあげたでしょ?」

「そうだっけ」

「いやねえ、寝《ね》かしつけるときに歌ってあげてたじゃないの。昔からある、誰《だれ》でも知ってる子守歌よ」

「誰でも知ってるかぁ?」

パジャマ姿《すがた》で起きてきた父がいった。「おまえさんたちが歌う以外に、オレは聞いたことないぞ」

「おまえさんたちって?」と希世はたずねた。

「希世《きせ》だって、ときどき鼻歌歌ってるじゃないか」

「えっ、ほんとう？」

希世が驚《おどろ》くと、父はやれやれという顔をしてトイレに入った。

「気にすることないわよ。パパはいうほど物知りじゃないし。ママはおばあちゃんから、この子守歌を聞かされて育ったんだから」

「やだ。それって……」

(例によって、榊原家《さかきばらけ》だけに伝わる子守歌じゃないの)

そういおうとして、希世ははっとした。榊原家にだけ伝わる歌。

寿和《としかず》の言葉がよみがえる。

、、、、、、、、、、、、
さくらまつりの呪文は、そなたのなかにある。

「ねえ、お母さん、その子守歌って、もしかしてさくらまつりっていう歌？」

「さくらまつり？」

母はきょとんとした。「さあ。題名は知らないけど」

「それじゃ桜巫女《さくらみこ》って聞いたことある?」

母は首を横にふった。もう一度はじめから歌ってくれと頼《たの》むと、母は機嫌《きげん》よくそうしてくれた。

生まれては消え　消えては生まれ
光は影《かげ》に　影は光に　いれかわるかわるいれかわる
常世《とこよ》の里《さと》のたよりとて　この世の春にたまこめて

そこまで歌って、母はにっと笑《わら》った。あらためて聞いてみれば、それはもう希世のからだにしみこんでいる節まわしだった。

(常世の里)

幻蔵《げんぞう》の言葉と、歌の言葉が重なっている。希世は毛が逆立《さかだ》ってくるのを感じた。

「たまこめてって、どういう意味?」

「さあ」。母は首をかしげた。「鉄砲《てっぽう》の玉じゃないわよねえ。やっぱり、たましいをこめる、じゃないの」

（たましいをこめる……）

「で、それから？」と希世《きせ》は聞いた。

「それからって？」

「歌のつづき」

「そうね。最後はこんな感じ」

母は一節《いっせつ》をハミングした。

「そこの言葉は？」

「忘《わす》れちゃった」

けろりとした顔で母はいう。

「もう。なんで覚えてないの？」

「なによ、怒《おこ》ることないじゃない。そんなに知りたければ、おばあちゃんに聞けば？」

昔のことだから覚えているかもよ」
（やっぱり一度、おばあちゃんに会いに行かなくちゃ）
希世はようやく、ひさしぶりに祖母を訪《たず》ねる気になった。

19

土手ぞいの道に自転車を走らせて行くと、白亜《はくあ》の立派《りっぱ》な建物が見えてきた。「エデンの園《その》　伏戸《ふせど》リバーヒルズ」は、雲湧川《くもわきがわ》をのぞむ丘《おか》に立っている。門をくぐると、玄関《げんかん》のわきにはシルバーのマイクロバスが止まっていた。毎日数回、伏戸駅との間を往復しているのだ。

マイクロバスには、毛皮の襟《えり》つきコートを着た上品なおばあさんが乗りこむところだった。「金持ちしか相手にしない老人ホーム」だと希世《きせ》の父はいっていた。榊原家《さかきばらけ》の養子になることを断固《だんこ》として拒《こば》んだ父は、祖母とは犬猿《けんえん》の仲なのだ。ほんとうは、父はいまの家に住むのもいやだったらしい。たまに夫婦《ふうふ》ゲンカになると、そのことがよく持ちだされていた。

大きなガラスのドアがすーっとあくと、受付の若《わか》い女性が「いらっしゃいませ、エデンの園へようこそ」と声をかけてくる。高い天井《てんじょう》に明るいエントランス。高級ホテルのような雰囲気《ふんいき》に、希世はちょっと気おくれがする。

来訪者《らいほうしゃ》カードに記入していると、子どもたちの遊び声が響《ひび》いてきた。土曜日なので来客が多い。子ども用のカラフルなプレイルームがあるし、雲湧川《くもわきがわ》の眺《なが》めを楽しめる喫茶室《きっさしつ》もある。来訪者は温泉《おんせん》つきのゲストルームに宿泊《しゅくはく》することもできるのだという。

たしかに上手に作ってある施設《しせつ》だ、と希世も思う。けれど、どこもかしこもぴかぴかで清潔《せいけつ》なので、かえってうそっぽい気もするのだ。ハーブの香《かお》りのすき間から、ときおり、消毒薬のにおいが顔をだす。

高原を描《か》いた壁画《へきが》を眺《なが》めていると、「坪谷《つぼや》」という名札《なふだ》をつけた、ピンク色の制服を着たひとがあらわれた。前にも会ったことのある、祖母担当《たんとう》の看護師《かんごし》さんだ。それにしても、受付のお姉さんといい、どうして高級な施設で働いているひとは美人ばかりなのだろうと希世《きせ》は感心する。

「こんにちは」と坪谷《つぼや》さんの白い歯がこぼれる。内心「おひさしぶり」といわれるのではないかと思っていた希世は、ちょこんと頭をさげた。

「榊原《さかきばら》さん、いまはお部屋にいらっしゃらないの。さっきまで、喫茶室《きっさしつ》で紅茶《こうちゃ》を飲んでいらしたけれど」

「あ、じゃあ、行ってみます」

「何度もいらしてるからご存《ぞん》じだと思うけれど、エデンの住人が現実とちがうことをいっても、そのまま聞き流して、反論なさったりしないでね。そのほうがエデンの住人のためなの」

「エデンの住人」というのも希世のきらいないい方だったが、希世はだまってうなずいてみせる。

喫茶室のほうへ歩いて行くと、婦人用の化粧室《けしょうしつ》から祖母がでてきた。ゆったりしたジャージの上下に、紫色《むらさき》のショールを巻《ま》いている。祖母は希世を見ると、にっこり笑《わら》った。

希世は声をかけようとしたが、祖母はそのまま通りすぎてしまった。どこかの男の子に、「あらあら、かわいいわねえ。ぼうや、いくつ？」と声をかけている。どうやら、希世が自分の孫とわかって笑いかけたのではないらしい。

祖母は喫茶室《きっさしつ》に入ると、ひとつだけあいていた窓《まど》ぎわの席に腰《こし》をおろしてロイヤルミルクティーを注文した。

希世がそばへ寄ると、祖母は上機嫌《じょうきげん》で席をすすめてくれた。

「さあさあ、遠慮《えんりょ》しないでここへどうぞ」

希世は腰をおろす。祖母がいたずらっぽい笑《え》みをうかべた。

「おいしいわよ、ここのロイヤルミルクティー。わたしもね、毎日一杯《ぱい》だけいただくんです。自分へのごほうびにね」

（あれ。坪谷《つぼや》さんは、さっき、紅茶を飲んでたっていったのに）

希世はそう思ったが、坪谷さんの指示どおり、なにもいわずにおいた。祖母の紅茶を持ってきたひとに、おなじものを頼《たの》む。

祖母は、「どこの学校か」とか、「わたしがいくつだと思うか」とか話しかけてきた。

希世はてきとうに答えながら、どう切りだしていいものか困《こま》っていた。

壁面《へきめん》をいっぱいに使った窓《まど》の外には、雲湧川《くもわきがわ》の景色《けしき》が広がっている。よく晴れた日だったので、土手の緑こそなかったが、川の水面はずいぶんましな色をしている。

「いい眺《なが》めですね」と希世はいった。

「ほんとにねえ」

「昔は土手に桜並木《さくらなみき》があったって聞きましたけど、そうなんですか」

希世がそういうと、祖母は顔をしかめた。

「桜、ねえ。昔はね。いまはもう一本もないでしょう。桜はみんな枯《か》れてしまった」

「どうして枯れちゃったんですか?」

祖母は落ち着かなげに、左手をかきだした。

「どうしてって、そんなこといわれても、わたしのせいじゃないのよ。わかるでしょ?」

「はい」

祖母は、きょときょとと目を動かしている。希世は聞いてみた。

「あの。『さくらまつり』のこと、知ってますか」

「あら、楽しそうね。桜のお祭り?」

祖母の顔が、ぱっと明るくなる。

「お祭りじゃなくて、歌です。桜巫女《さくらみこ》が歌う歌」

祖母の手が、こきざみにふるえだした。希世は身を乗りだした。

「おばあちゃん。わたし、希世です。おばあちゃんの孫の吉井希世《よしいきせ》。桜巫女のことを教えてほしいの」

あらためて希世を見つめた祖母は、目をぱちぱちさせた。

「おばあちゃん」

「そんなこと知りませんよ。ほんとにね、わたしはいつだって、ちゃんとやってきた。わたしは由緒《ゆいしょ》ある榊原家《さかきばらけ》のひとり娘《むすめ》なのに、役立たずの土蜘蛛《つちぐも》のせいで、なにもかもめちゃくちゃになってしまって」

希世《きせ》は身を乗りだした。「土蜘蛛《つちぐも》がどうしたの？」

祖母の鼻の穴《あな》がふくらむ。希世が祖母の手を取ろうとしたとき、となりの席にいた男の子が声をあげた。

「見て、雨が降《ふ》ってる！」

希世は外を見た。さきほどとおなじ冬の日がさしこむなか、さーっと音を立てて雨が降っていた。

キツネの嫁入《よめい》り。

「あいたたたた」

とつぜん、祖母がこめかみを押《お》さえた。

「いた、痛《いた》い、頭が……」

いつのまに近くに来ていたのか、さっと、坪谷《つぼや》さんが寄ってくる。

「榊原《さかきばら》さん、どうかなさいましたか」

「頭が、頭が。おお痛《いた》い、われそうだ」

「それじゃお部屋ですこし横になりましょうね。すぐに先生をお呼《よ》びしますから」

祖母は甘《あま》える子どものように、坪谷《つぼや》さんにすがりついている。坪谷さんは、おろおろしている希世に「だいじょうぶよ。いつものことですから」というと、祖母をつれて行ってしまった。

うしろから、声がかかった。

「吉井《よしい》、なにしてんだよ、こんなとこで」

稲尾善行《いなおよしゆき》だった。バーバリーの白いセーターを着ている。

「稲尾くんこそ」

「うちのじいちゃんばあちゃんが特別室にいるからな」と、善行は肩《かた》をそびやかした。

「エデンの園」は稲尾建設が建てたのかもしれない、という考えが希世の頭をよぎる。

おばあちゃんが、坪谷さんといっしょにエレベーターに乗るのが見えた。

「へえ、おまえのばあちゃんもここの住人なのか」

けっこう金があるんだな、とでもいいたげな口ぶりだ。希世《きせ》はむかついたが、聞きたいことがあるのを思いだす。

「亜楠《あなん》のお父さんのぐあいって、どうなの?」

「ああ、国連の親父《おやじ》か。死ななかったらしいぜ。車はぺっちゃんこだったけどな」

「交通事故?」

「やけ酒でも飲んでたんだろ。娘《むすめ》にたてつかれて、いい恥《はじ》さらしだもんな。新聞沙汰《ざた》にならなかっただけましだぜ。ま、国連も、自分のせいで親父が死にぞこなったとあっちゃ、署名《しょめい》運動なんかやってられないよな」

(ひどい。そんないい方って……)

亜楠の気持ちを思って、希世は胸《むね》が痛《いた》んだ。善行《よしゆき》の目が陰険《いんけん》に細められる。

「国連から、なにも連絡《れんらく》ないんだって? 安藤《あんどう》のことがあるから、おまえとはもうつきあいたくないんだろうよ。女に友情はないっていうのは、ほんとだな」

善行がゆかいそうに笑《わら》う。希世は、こぶしをぎゅっとにぎった。そのひょうしに、指先の傷《きず》がちくりと痛んだ。

(悪いことが起きるときには、いつでも天気雨が降《ふ》る。キツネの嫁入《よめい》りといっしょに、稲尾《いなお》はあらわれた)

(もしかしたら、稲尾はヒトギツネの一味《いちみ》なのかも。幻蔵《げんぞう》に刺《さ》された、あのヒトギツネ)

希世は勝ち誇《ほこ》る善行にむかって、思いきっていった。

「稲尾くん、胸の傷はもういいの?」

善行の顔が、ぴくっとひきつれた。

「は。こんなもん、屁《へ》でもねえや」

思いきりヒップハングにしたジーンズをひきずって、善行は喫茶室《きっさしつ》をでて行った。

希世は、善行が動揺《どうよう》したことをたしかに感じていた。

20

日曜日になっても、亜楠《あなん》からの連絡《れんらく》はなかった。

お父さんの入院している病院を聞こうと、希世《きせ》は亜楠の家に電話してみた。留守番《るすばん》らしいひとは、「取りこんでおりますので、お見舞《みま》いはご遠慮《えんりょ》願います。お電話があったことはお伝えしますので」とだけいって、そそくさと電話を切ってしまった。

（亜楠、どうしているんだろう。安藤《あんどう》くんのことがあるから、やっぱり気まずいんだろうか）

かといって、寿和《としかず》に電話する勇気はなかった。もんもんとしているうちに、夜になった。

夢封《ゆめふう》じの炭がきいているのか、ゆうべは夢も見なかった。けれど横になって目をつむると、あのたそがれの街《まち》で、地面に横たわっていた亜楠の姿《すがた》がうかんでくる。

寝返《ねがえ》りをくり返していた希世は、ふと耳をそばだてた。

ゲコッ。

窓《まど》の外で、カエルの鳴き声がする。希世は上半身を起こした。

ゲコッ。クルル。

まるで、希世を呼《よ》んでいるように聞こえる。希世は起きあがって、窓をあけた。

庭木の枝《えだ》を伝ってきた一匹《ぴき》のアオガエルが、ぴょこんと窓枠《まどわく》に飛び乗ってきた。

ゲコッ。クルルル。

アオガエルはまん丸い目で希世を見あげた。

「もしかして、おりゅうさんのカエル?」

うなずくように、カエルがひょこんと頭をさげる。

「夢のなかで、道案内してくれたカエルさんなの? おりゅうさんは無事?」

クルルクル。キュウキュウ。クルル。

カエルはのどをふるわせて、必死に希世《きせ》にうったえかける。

「なにがいいたいの？　ねえ、なにいってるかわからないよ」

キュウ。

アオガエルはかなしげにひと声鳴くと、暗闇《くらやみ》にぽとりとまぎれて行った。

希世のほほを、つめたい風がなぶる。希世はひえきったガラス窓《まど》を閉《し》めてベッドにもどった。

希世はひざをかかえた。指先には、まだ傷跡《きずあと》が残っている。

あのカエルは、なにを伝えたかったのだろう。おりゅうさんのことだろうか。幻蔵《げんぞう》のことか。それとも、もっとほかのことがあるのだろうか。

（わたし、あそこへ行かなくちゃいけない。あの夢《ゆめ》の世界に行かないと、なにも解決しないんだ）

そうしなければ、二度と亜楠《あなん》にも会えないような気がした。それに、夢のなかでなら、寿和《としかず》とも話ができる。

希世は、部屋の四隅《よすみ》にある炭を見つめた。

(あれを片《かた》づけないと、夢が見られない)

炭のビンを集めてかかえると、希世は部屋のなかをうろうろした。

(どこに置けばいいだろ。机《つくえ》のうえにならべておく？　それとも？)

希世は衣装《いしょう》ダンスにガラスビンをしまった。そしてベッドにもどったが、なんとなく落ち着かない。「せっかく心配してあげてるのに」といいたげな気配が、衣装ダンスから漂《ただよ》ってくる。

衣装ダンスをあけて、希世はまた炭を四隅にならべた。

そしてベッドに横たわる。

希世は大きく息をついて、また起きあがって炭を片づけた。自分で、自分の煮《に》えきらない性格がいやになる。

(しっかりしろ、希世。あんたは桜巫女《さくらみこ》なんでしょ。夢のなかでなら、できることが

あるはずよ）

自分にいい聞かせて、衣装《いしょう》ダンスの扉《とびら》をしっかり閉《し》める。そして希世《きせ》はあおむけになって、胸《むね》のうえで両手を組んだ。

「ひざの下だけ十センチ背《せ》が伸《の》びますように」とお祈《いの》りするかわりに、希世は祈った。

あの夢《ゆめ》の世界へ、行けますようにと。

吐息《といき》のようなものが、希世のほほにふれた。

かすかに木の香《かお》りがする。ゆっくりと、希世は目をあけた。

ひかりのなか、指先は花びらにうもれていた。はらはらと桜《さくら》が散っている。

希世は桜坂にいた。この間は、ひかりがこわくて近づけなかった桜の坂道だ。

（また、来たんだ。ひかる桜があるところに）

桜は散りつづけていた。地面に落ちた花びらは、ひかりをうしなってつもっていく。

希世は立ちあがった。一陣《いちじん》の風が吹《ふ》き、くるくると花びらが舞《ま》いあがる。

目の前にひとりのひとが立っていた。

うす衣《ごろも》をつけた、美しいひと。東の桜かと希世はいっしゅん身がまえたが、そうではなかった。希世は不思議な思いに打たれた。目の前に立っているひとは、はじめて見たというのに、ひどくなつかしく感じられるのだ。

そのひとは深い声でいった。

「希世よ。わたしはおまえをずっと見守ってきた」

希世の胸にふるえが走る。（大桜。このひとは桜坂の桜なんだ）

「わたしはおまえを知っている。おまえの選んだ道を行くがいい」

そのひとは、ふわりと希世を抱《だ》きしめた。

どくん。

地の底からわきあがってくるようなリズムが、希世の全身をつらぬいた。希世は恍《こう》惚《こつ》として目を閉《と》じる。

つぎに気づいたときには、そのひとの姿《すがた》は消えていた。

あとは、音もなく桜《さくら》が散っていくばかり。

希世《きせ》はほおっと息をつき、桜坂をのぼっていった。

坂のうえの広場も、荒《あ》れた様子が目についた。ぐるりをかこむ柳《やなぎ》は、しょぼんと葉をたらしている。片隅《かたすみ》には、こわれた紙芝居《かみしばい》の道具がころがっていた。足もとに、紙芝居の紙が吹《ふ》き寄せられてくる。

希世はその紙をひろった。斉藤理髪店《さいとうりはってん》を正面から描《か》いた絵だった。希世が見ていると、ふいに、めらめらと紙が燃《も》えだした。

希世はあわてて紙をはなした。炎《ほのお》はあっという間に床屋《とこや》の絵を食いつくし、黒く縮《ちぢ》れた燃えかすが闇《やみ》に吸《す》いこまれる。

胸騒《むなさわ》ぎがした、そのとき。

ぼわり、と青い炎が闇にうかんだ。

ぼわり、ぼわり、とつぎつぎに青い炎がともる。青い炎は円を作り、炎をはきだすヒトギツネたちのシルエットがうかびあがった。

ヒトギツネの円陣《えんじん》のなか、黒い台のうえに亜楠《あなん》がうつぶせに横たわっていた。右手がだらりとたれさがっている。

(亜楠!)

ケケケケケ。ヒトギツネたちがいっせいに笑《わら》った。

「ああ、バカな娘《むすめ》だねえ」

「せっかく逃《に》げたのに、のこのこ舞《ま》いもどってきたよ」

「飛んで火にいる夏の虫」

希世は逃げだしたい気持ちをこらえて、ぐっと足をふんばった。

「いったいどうするつもりだい」

「友だちを助けにきたのかい。自分が襲《おそ》ったくせに」

「そうさ。襲ったのはおまえじゃないか。おまえの本音はわかってる。おまえは亜楠が憎《にく》いんだ。ずっと前から憎んでたのさ」

(ちがう!)

否定《ひてい》したくても、希世《きせ》は声がでなかった。ヒトギツネたちが、またいっせいに笑《わら》う。

「ほんとうに、女に友情はないからな」

「しょせんおまえはわれらの仲間。どろどろした気持ちをかかえているのさ」

希世は頭を押《お》さえた。ヒトギツネたちの声が、直接頭のなかで響《ひび》きわたる。

「本音をいわずに生きていて、なにかいいことはあったかい？　さあ、自分をときはなって、楽になるがいい」

「裏切《うらぎ》り者《もの》に、とどめをさしてやれ。ほんとうはそうしたいんだろう？」

「こいつは、おまえの好きな男をうばったんだ」

亜楠《あなん》が寿和《としかず》とふたりで笑っていた場面が、ありありとよみがえる。ずきり、と傷《きず》のある右手が痛《いた》んだ。

見ると、希世の右手はみるみる毛でおおわれ、長いかぎ爪《づめ》がにょきりと伸《の》びていた。

今度は目くらましとは思えない。荒々《あらあら》しい力が手にみなぎってくる。

円陣《えんじん》を組んでいたヒトギツネたちが、さっと、希世のために道をあけた。

なにか感じたのか、亜楠のからだがぴくりと動いた。ヒトギツネたちは赤い目をひからせて、じっと希世を見つめている。希世は見えない磁力《じりょく》にひきずられるように、一歩、また一歩と亜楠に近づいていた。希世の背後《はいご》で、するすると円陣《えんじん》が閉《と》じていく。

「ほら、もう目が赤い」

「ほら、もうひとじゃない」

ゆらゆらとゆれながら、ヒトギツネたちが唱和する。

（ちがう。ちがう。わたしは、亜楠を傷つけたくなんかない。こいつらから、わたしから、亜楠を守らなくちゃ）

（いい子ぶらないで。亜楠さえいなければ、安藤《あんどう》くんはわたしと……）

頭にかすみがかかって、希世はなにも考えられなくなる。

ひときわ大きなヒトギツネがケーンと鳴いて、亜楠の横たわる台に飛びあがった。

希世の顔をのぞきこんで、よだれをたらして笑う。その胸《むね》には、治《なお》りかけた傷跡《きずあと》が走っていた。

青白い炎《ほのお》に照らされて、とがった爪《つめ》がぎらりとひかる。希世《きせ》のなかでなにかがはじけ、目の前がまっかになった。

(亜楠《あなん》!)

希世は機械じかけのように右手をふりあげ、目の前の肉につき立てた。

21

希世《きせ》は絶叫《ぜっきょう》した。

爪《つめ》を立てたのは、自分の左手だった。がっぷりと食いこんだ爪の間から、どくどくと血が流れている。じんじんする痛《いた》みが、脳天《のうてん》まで響《ひび》いてきた。

大柄《おおがら》なヒトギツネが、歯をむきだして吠《ほ》えた。

「来ないで！」

倒《たお》れている亜楠《あなん》におおいかぶさって、希世は叫《さけ》んだ。

「あんたたちなんかに、指一本ふれさせない！」

希世の声に、ヒトギツネが動きを止める。すると重い空気を切り裂《さ》くような清明な声が響《ひび》いた。

「土蜘蛛《つちぐも》参上！」

闇《やみ》のなかから、銀の糸が舞《ま》い落ちてきた。頭を糸でからめられ、大きなヒトギツネは後方へすっ飛ばされた。

「幻蔵《げんぞう》！」

希世《きせ》は叫《さけ》んだ。ひらり、と降《お》り立ったのは糸の幻蔵だ。幻蔵が口のはしで笑《わら》って、希世にうなずきかける。

ヒトギツネたちが、火を噴《ふ》いて身がまえた。身を起こしたヒトギツネが、怒《いか》りに燃えて背後《はいご》から飛びかかってくる。幻蔵はぬきはなった八重《やえ》の雫《しずく》の柄《え》で、ヒトギツネの頭を思いきりついた。今度こそ、大きなヒトギツネはどうと倒《たお》れこむ。

八重の雫が澄《す》んだひかりをはなつ。ヒトギツネたちはまぶしげに顔をそむけ、じりじりと後ずさった。

数匹《ひき》が同時に襲《おそ》いかかってきたが、幻蔵はやすやすとなぎはらった。やみくもにつっこんでくるヒトギツネをかわしては、頭をしたたかにけりつける。ヒトギツネはケーンと鳴いて、ひっくり返った。

くやしげに炎《ほのお》をはきながら、ヒトギツネたちは幻蔵にけ散らされ、地面に沈《しず》みこんで行った。

あたりが静まると、幻蔵はかちりと刀を鞘《さや》におさめた。希世のところへやって来て、亜楠《あなん》の脈を取る。

「生きてるよね?」

希世はすがるように聞く。亜楠のからだは氷のようにつめたかった。

「亜楠。ごめん。許《ゆる》して。わたしのせいで、こんなことに……」

幻蔵は亜楠の手をもどした。

「ヒトギツネの奸計《かんけい》で、おまえの友人はここに誘《さそ》いこまれたのだ。あぶないところだったな」

「幻蔵。お願い、亜楠を助けて」

「それはおまえの役目よ。ただし、あちらの世界でな」

そういうと、幻蔵《げんぞう》は亜楠《あなん》をかるがると肩《かた》に背負《せお》った。もう一方の手で、しっかりと希世《きせ》を抱《だ》きかかえる。傷《きず》の痛《いた》みをあらためて感じて、希世はよろめいた。

「歩けるか。ついて来い」

幻蔵は土手へむかっていた。希世は、ぐったりした亜楠を気遣《きづか》わしげに見た。

「亜楠もケガしてるの？」

幻蔵は希世の顔をちらりと見た。

「案ずるな。からだに傷はない。友人に信じてもらえなければ、さらに心は傷つくだろうが」

「どういうこと？」

「答えは自分でだせるはず。策略《さくりゃく》をめぐらせるは糸の得意だが、ヒトギツネも卑劣《ひれつ》な策《さく》をめぐらせる。なにがまことか、目をくもらせずに見るのだな。この娘《むすめ》の性格を考えてみるがいい。しそうにないこと、いいそうにないことはなんなのか」

幻蔵は、希世を川辺へつれて行った。やわらかい草のなびく土手を降《お》りると、心地よい清流の音が聞こえてくる。

「手を川につけてみろ」

希世は倒《たお》れこむように、両腕《りょううで》を水につけた。澄《す》みきった水は血の色に染《そ》まることもなく、ひかりのように希世の手を流れていく。

希世は目を見はった。右手のとがった爪《つめ》も、左手の深い傷も、見る間に消え去っていったのだ。川の水からだしてみると、両手はもとどおりになっていた。

指先の刀傷《かたなきず》も、なくなっていた。

希世はまじまじと両手を見つめた。ひかる水を両手ですくって、ぱしゃりと顔にかけてみる。

幻蔵が、じっとその様子を見つめている。希世は、頭がさえざえとしてきた。

(亜楠。正義感の強い亜楠が、自分でいったことを簡単《かんたん》にひっくり返すはずがない。しかも直接わたしにいうんじゃなく、メールでいってくるなんて)

（たしかに亜楠《あなん》のアドレスからのメールだったけど、あれは「なりすましメール」だったんだ。亜楠の携帯《けいたい》を使えば、誰《だれ》だってメールは打てる）

（だけど『まほろば』でふたりが会ってたのは……）

たぷん、という水音がした。

顔をあげると、いつの間にか一艘《そう》の小舟《こぶね》が岸辺《きしべ》にうかんでいた。笠《かさ》を目深《まぶか》にかぶった船頭が、船のうえで櫂《かい》をにぎっている。

「お呼《よ》びですかい、糸の旦那《だんな》」

幻蔵《げんぞう》はうなずくと、流れに足をつけ、亜楠をゆっくりと船に横たえた。

「迷子《まいご》だ。むこう岸へ送りとどけてくれ」

船頭はうなずいて、船をだそうとする。

「亜楠」。希世《きせ》は心配になって、川のなかにふみだした。

幻蔵が希世を押《お》しとどめる。「蓑吉《みのきち》に任《まか》せておけ」

蓑吉と呼ばれた船頭が、笠《かさ》のしたでにっこり笑《わら》った。顔は見えないが、ぱっくりと口が大きい。櫂《かい》を持つ手には水かきがあった。

「渡《わた》し守《もり》の蓑吉《みのきち》でごぜえます。ご心配なく。この方はあっしがまちがいなく、あちらの世界へ送りとどけてさしあげますよ。おそろしい思いをしたことは、雲湧川《くもわきがわ》の水がきれいに流してくれまさあ」

「そう。この子はあちらの世界で、じゅうぶん重荷を負っているのだから」

幻蔵が静かにいうと、亜楠を乗せた船は音を立てずに動きだした。蓑吉《みのきち》はゆったりと櫂《かい》を使っているように見えたが、小舟《こぶね》はすべるように川をわたり、見る間にちいさくなっていく。

むこう岸は、もやのなかに沈《しず》んでいる。船の姿《すがた》が、溶《と》けるように見えなくなった。

希世はしばらく目をこらしていた。しだいにもやが晴れ、むこう岸が見えてきたときには、船の姿はどこにもなかった。

幻蔵はひざをつき、川の水で念いりに手を洗《あら》っている。

「ヒトギツネを殺したの?」

「いや、みね打ちだ。糸は相手の攻撃《こうげき》を封《ふう》じるだけ。命は取らぬ。どのみちヒトギツネはひとの心がうみだす邪気《じゃき》のかたまり。滅《ほろ》ぼすなど無理な話よ」

「おりゅうさんは無事なの？　わたし、ヒトギツネに襲《おそ》われたとき、おりゅうさんに助けてもらったの」

幻蔵《げんぞう》は顔を洗《あら》うと、こともなげにいった。

「あれは、簡単《かんたん》にくたばるような女じゃない。なに、心配は無用だ」

「そう」

希世《きせ》は幻蔵を盗《ぬす》み見た。

「なんだ？」

「また助けてもらっちゃったけど、おりゅうさんがいってたの。土蜘蛛《つちぐも》は、よろこんで人間を助けてくれるわけじゃないって。土蜘蛛は、ほんとうは人間をうらんでいるんだって。それってほんとなの？」

「わたしには、うらみはない」

わたしにはない、ということは、人間をうらんでいる土蜘蛛《つちぐも》がいるということだ。

「もともと、土蜘蛛とひとは共存《きょうそん》していた」と幻蔵はいった。「しかしひとというのは、すぐにおごりたかぶるもの。しだいにわれらを『自分たちより下等な存在』、『都合《つごう》のいいように動く手下』と見なすようになってしまった。だからわれら土蜘蛛はたもとを分かち、ひとの前から消える道を選んだのだ」

幻蔵は、にがく笑《わら》った。

「土蜘蛛は針《はり》と糸の二大勢力にわかれている。針の一族はひとを敵視《てきし》し、糸の一族も、もう積極的にひとと関わろうとしない。ま、わたしは変わり者なのさ」

「それはどうして？」

「希世。いまは、ながながと講釈《こうしゃく》しているひまはない。ひとつだけいっておこう。おまえの祖母が『土蜘蛛のせい』というのは、責任のなすりつけだ。土蜘蛛を遠ざけて桜《さくら》の方陣《ほうじん》をくずしたのは、ほかならぬひとなのだから」

「……」

「ひとの手でこわしたものは、ひとの手で直すほかはない。そのための時も、すでに尽《つ》きようとしている。桜巫女《さくらみこ》よ。北の桜は、最後の力をおまえに与えたのだぞ」

大桜に抱《だ》きしめられたときの感触《かんしょく》が、ありありとよみがえる。

「このままでは北の桜も枯《か》れる。希世《きせ》。敵《てき》は床屋《とこや》に、火をはなつつもりだ」

「ええっ」

「金をつんでも動こうとしないので、強行手段《しゅだん》というわけさ」

「あそこに、西の桜の絵があるから？」

「それもそうだが、なによりあの親父《おやじ》の人柄《ひとがら》が、西の守りを支えているのだ。早く方陣《ほうじん》を立てなおさねば、あの一家も危険《きけん》にさらされる。彼《かれ》らだけではない。おまえの世界にあるよきものが、なしくずしに消えて行くのだぞ。東の桜を転生させるのだ。『さくらまつり』の呪文《じゅもん》にはたどり着いたのか」

「たぶん。でも、最後の一節がわからないの。それに……」

「それに、なんだ」

「東の桜に転生したら、安藤《あんどう》くんはどうなるの」

希世《きせ》は、すがるように幻蔵《げんぞう》を見た。幻蔵の顔がくもる。

すると、声があがった。

「それは、ぼくが話す」

河原《かわら》に立っていたのは、寿和《としかず》だった。

寿和の姿《すがた》が目に入ったとたん、まわりの景色《けしき》はふっとかき消えた。希世の前には寿和だけがいる。

「安藤くん」と希世はいった。「わたしが、見えるのね」

寿和はうなずいた。「いままでだって、見ようとすれば見えたんだ。吉井《よしい》さん。ぼくはずっと、逃《に》げてきたんだ」

寿和は希世を見つめた。

「いまいる世界が自分のいるべき世界じゃない。いまの姿がほんとうの自分の姿じゃないってことに、ほんとうは、ずっと前から気づいていたのに」

「そんなことないよ。それは安藤《あんどう》くんの思いすごし……」

「吉井《よしい》さんが中庭で歌っているのを聞いたとき、ぼくにはわかったんだ。このひとだって。ぼくをほんとうの姿《すがた》にもどせるのは、このひとなんだって。中庭にいるときの吉井さんは、教室のなかとはまるでちがう顔をしてた。あの水盤《すいばん》の前に立っているときが、ほんとうの吉井さんの姿なんだよね」

なにもいえないまま、さあっと希世《きせ》の顔が赤くなる。

「それでも、ぼくはずっと吉井さんに声をかけられなかった。こわかったんだ。ほんとうのことにむきあうのが。このまま、ふつうの中学生として吉井さんとおなじ学校で毎日を送りたいと思ってた」

「安藤くんは、亜楠《あなん》が好きなんじゃないの」

寿和《としかず》は、首を横にふった。希世の胸《むね》が歓《よろこ》びに羽ばたく。

「だけど、ぼくはもう自分の運命から逃《に》げない。雲取《くもとり》神社に行ったときから、ほんとうはわかっていたんだ。これは、定められたことなんだって」

「でも」

「それでも、ぼくはなかなか決心がつかなかった。だけど、いまはちがう。ぼくが桜《さくら》になりたいか、なりたくないかじゃない。ならなければいけないんだ。常世《とこよ》の里《さと》の荒《こう》廃《はい》は進んでいる。望月《もちづき》さんまで巻《ま》きこまれて、命を落とすところだった。もう、このままにしてはおけない」

「……」

「吉井さんのほかに、ぼくを東の桜にできるひとはいないんだよ」

きみしかいない。その言葉は、希世の全身を甘《あま》くしびれさせた。

けれど。

「でも桜になるって、どういうこと？　いまいる安藤くんはどうなるの？」

「これは仮の姿なんだ」

寿和は透明《とうめい》な笑《え》みをうかべた。

「ぼくは方陣《ほうじん》を守る霊力《れいりょく》を持つ桜の木なんだよ。吉井さん。いや、桜巫女《さくらみこ》の希世。

お願いだ。ぼくを桜《さくら》の木にもどしてくれ」

希世《きせ》は後ずさりをした。

「だめ、そんなのだめ。だいたい、できないし。わたしね、『さくらまつり』の呪文《じゅもん》を最後まで知らないの。だからやりたくてもできないよ」

「きみならできるよ。ぼくにはわかっている」

寿和《としかず》が手を伸《の》ばして近づいてくる。希世は激《はげ》しくかぶりをふった。

「無理。無理だってば。どうして安藤《あんどう》くんが東の桜にならなきゃいけないの。わたしたちまだ中学生で、これからずっと先は長いんだよ」

「安藤寿和はいなくなっても、ぼくは桜として生きていく」

寿和はきっぱりいった。それでも、希世は必死にいいつのる。

「わたしだって、べつに桜巫女《さくらみこ》なんかなりたくない。誰《だれ》かほかのひとが、その役目を引き受けてくれればいいじゃない。どうして、よりによってわたしたちが、こんなことに巻《ま》きこまれなきゃいけないの」

「それは答えのない問いかけだよ。吉井《よしい》さん、ぼくらは誰でも与えられた場所で、自分の運命を引き受けるほかはないんだ」

寿和の静かな言葉は、希世の胸《むね》に響《ひび》いた。それでも、希世は寿和に背《せ》をむけてかけだしていた。

「いやだ。いやだよ。わたしは信じない。わたしは桜巫女《さくらみこ》なんかじゃない」

枕《まくら》を涙《なみだ》でぬらして、希世は目をさました。

22

月曜日の朝。マフラーを巻《ま》きなおして改札《かいさつ》をでた希世《きせ》は、足を止めた。

亜楠《あなん》が手をふって、希世を待っていたのだ。

「亜楠！」

声をあげて、希世はかけ寄った。「おひさしぶりい」。亜楠が抱《だ》きついてきた。

「お帰り」

希世は亜楠を抱きしめた。制服姿《すがた》の生徒たちが、ふたりのわきをすりぬけていく。

「連絡《れんらく》しなくてごめん。ばたばたしちゃってさ。メールしようかなあと思ったんだけど、直接話すほうがいいかなって」

笑顔《えがお》でも、亜楠はさすがに疲《つか》れた顔だ。

「お父さん、大変だったね」

「うん。でもまあ、峠《とうげ》は越《こ》えたから。かえっていい休養になるかもよ」

ふたりは学校へ歩きだした。亜楠がいった。

「希世。あたしさ、希世にあやまんなきゃいけないことがあるんだ」

「えっ。なに？」

「安藤《あんどう》のこと」

そういわれて、希世はかばんを持つ手に力が入る。

「木曜日にね、あたしここで安藤とお茶したんだ」

亜楠はそういって、『まほろば』を指さした。

「デートじゃないよ。取材。神かくしの事件、学校新聞のコラムに取りあげようと思ってさ。それでちょっと話を聞いたわけ。ただ券もあまってたし」

「取材しただけなら、なんであやまるの？」

さりげなくいったつもりだったが、声がふるえていた。亜楠《あなん》もいいにくそうに、足もとを見つめている。

「やっぱ希世《きせ》にひとことといっとくべきだったと思ってさ。ふたりで茶店《さてん》にいるところを誰《だれ》かに見られたら、誤解《ごかい》されちゃうじゃない？　それにあたしのなかにも、ちょっと不純な気持ちがあったし」

希世はごくりとつばをのんだ。「不純って？」

亜楠は肩《かた》をすくめた。

「だってさあ、こっちは署名活動《しょめい》にアツくなってんのに、てんでつめたいんだもん。希世って、けっこうひとの話を聞かないところがあるんだよね。気がつけば、安藤《あんどう》のことばっかぽーっと見てるし。なんか安藤に希世を取られた気がして、正直おもしろくなかったわけ」

希世はぽかんとして、亜楠を見つめた。そんなことは、まるで想像していなかったのだ。

亜楠はぺろりと舌《した》をだした。

「だからいろいろつっついて、安藤のいやなところを見つけてやろうと思ったんだけどねえ。だめだった。希世なんて世間知らずで、ぜったい男を見る目がないと思ってたんだけどなあ」

「ひどい」

半分ほっとして、希世は声をあげた。

「わたし、『まほろば』でふたりでいるとこ見たんだよ。すっごく仲よさそうに笑《わら》ってたじゃない」

「見てたの？　だったら、すぐに声かけてくれればよかったのに」

「そんな雰囲気《ふんいき》じゃなかったもん」

「へええ。やきもちやいたんだ。はん、ざまあみろ。すこしはあたしの気持ちを思い知れ」

「亜楠のバカ」

「バカでけっこう。恋愛《れんあい》ボケよりましだもん」

亜楠《あなん》はからからと笑《わら》った。その笑顔《えがお》に、希世《きせ》は感心していた。お父さんのことで、大変な思いをしている最中だというのに、亜楠はなんと明るいのだろう。

(亜楠は、あえて明るくふるまっているんだ。ただ自信たっぷりなわけじゃなくて)

それにくらべて、自分は。

希世は学校に着くと、亜楠に先に教室へ行ってくれと頼《たの》んだ。自分は小走りで職員室へ行く。

がらりとドアをあけ、「内田先生」と声をかけた。

朝食がわりなのか、バナナを食べていた内田先生は、あわてて口もとを押《お》さえた。バナナをのみこもうとしている内田先生に、希世は頭をさげる。

「内田先生、すみません。望月《もちづき》さんが欠席したので、不安になって連絡《れんらく》しようとしたんです。もう二度と授業中に携帯《けいたい》に触《さわ》りませんから」

ひと息にいって、もう一度頭をさげる。

内田先生はじろりと希世をにらむと、無言で携帯《けいたい》を返してくれた。

「ありがとうございます」というと、様子を見ていた藤木《ふじき》先生がいった。

「吉井《よしい》。その気になれば、ちゃんと日本語がしゃべれるんだなあ」

藤木先生が例の言葉をつごうとしたとき、内田先生はいった。

「やっちゃいけないことをしてあやまるのは、勇気とは関係ありませんけどね」

希世はひきつった。まったく、内田先生のかわいげのなさは芸術的だ。

内田先生は食べかけのバナナをかくすようにして、胸《むね》をそらした。

「ほんとにいまの子たちって、携帯に依存《いそん》して生きてるのよね。コンピューターを媒《ばい》介《かい》させないと、他人とかかわることができないのよ」

「そんなことないです。失礼しました」

希世は職員室をでて行った。内田先生はぽかんと口をあけたまま。藤木先生が、こっそり笑っていた。

教室に行くと稲尾善行《いなおよしゆき》が頭に包帯を巻《ま》いて、すっかりしょぼくれていた。米倉満喜《よねくらまき》は、亜楠《あなん》と希世《きせ》が仲良く笑《わら》いあっているのを見て目を丸くしている。希世は「なりすましメール」の犯人《はんにん》を追及《ついきゅう》する気はなかった。どのみち証拠《しょうこ》はつかめないだろうし、あんなものにまどわされた自分が悪いのだ。

気がつけば、寿和《としかず》が希世をじっと見つめていた。

(お願いだ、ぼくを桜《さくら》の木にもどしてくれ)

今度は希世が、寿和のせつなげな視線《しせん》を避《さ》ける番だった。

学校帰りの希世と亜楠は、臨時《りんじ》休業している『まほろば』の階段《かいだん》に腰《こし》かけて、熱い缶紅茶《かんこうちゃ》を飲んでいた。

「亜楠。安藤《あんどう》くんと、どんな話したの」

「うん。神かくしの話なんだけどさ。安藤のお母さんは、その話をするのをいやがってたらしいんだよね」

「うん。そのことは聞いた」

「トラウマになってるんだよ。よっぽどこわい思いをしたんだと思う。安藤がちっちゃいときも、ちょっと姿《すがた》が見えなくなると『さらわれた』って大騒《おおさわ》ぎしたそうだから」

「そうなんだ」

「話を聞いてて思ったんだけど、安藤のお母さんて、すごく安藤を抑圧《よくあつ》してると思う」

「ヨクアツ？」

「つまり健全な母子関係じゃないってこと。『おまえはあたしの子じゃない』とか『うまなきゃよかった。うみたくなかった』っていわれてるみたいだし」

「そんな……」

（安藤くんが桜の化身だってこと、お母さんもわかっているんだろうか？）

亜楠がさらりといった。

「安藤もけっこう苦労してんだよ。はっきりいわなかったけど、この中学に入ったのも、いじめから逃《に》げてきたんだと思う」

希世《きせ》は驚《おどろ》いて亜楠《あなん》を見た。亜楠は肩《かた》をすくめる。

「同類は、なんとなくわかるから。あたしも小学校の頃《ころ》、ひどかったんだよ。過呼吸《かこきゅう》とか不登校とか。小学生の間にひととおりやっちゃったって感じ。中学になってからは優等生《ゆうとうせい》演じてるけどね。戸定《とじょう》はのほほんとした嬢《じょう》ちゃん坊《ぼっ》ちゃんばかりの、平和な学校だし」

さばさばとした口調《くちょう》が、よけいに傷《きず》の深さを思わせる。亜楠は缶《かん》を手の間でころがして、ふっと笑《わら》った。

「あたし、ずっと希世がうらやましかった」

(え?)

「あったかい家庭で、大事にされてるひとり娘《むすめ》でさ。希世って、しょっちゅうお父さんやお母さんの話をするじゃない? それって、幸せな家で暮《く》らしてる証拠《しょうこ》なんだよね。あたし、家族の話とかする気にならないもん」

「亜楠」

（そんな。うらやましかったのはわたしなのに。亜楠はすごくかわいくて、頭がよくて、なんにもこわいものなしで。幸せな家で、わがままいっぱいに育ってると思ってたのに）

「安藤《あんどう》もいってたよ。希世は自分が恵《めぐ》まれてるのに気づいていないんだって。あーあ、つまんないの、希世ばっか理解されちゃって」

亜楠はぐうんと伸《の》びをして、階段《かいだん》にもたれかかった。

「亜楠、パンツ見えちゃうよ」

「まあ、細かいことは気にせずに。それより希世、今日はずいぶん安藤につめたかったじゃない。なにてれてんの？　安藤がしゃべりかけたそうなのにシカトしちゃってさ」

スカートをはたいて、亜楠は立ちあがった。希世もいっしょに立ちあがる。

「べつに。亜楠、署名《しょめい》運動はどうする？」

「もちろん続行。計画変更《へんこう》はなし」

亜楠《あなん》は肩《かた》をすくめた。

「親父《おやじ》は親父。あたしはあたしだもん。正しいと思ってることをまげるのはいやだ」

「亜楠」

「だいじょうぶ。おとなだまくらかすのは得意だから、まわりはてきとうにあしらうよ」

亜楠は階段《かいだん》をすとんと飛びおりた。「行こっ！」

希世《きせ》は、からの缶《かん》をきゅっとにぎった。

「わたしも協力する」（なんにもできないと思うけど、それでも、わたしは亜楠の味方をしよう。なにがあっても）

サンキュ。ちいさく、亜楠がいった。

23

希世はまっすぐ家へは帰らず、雲湧川《くもわきがわ》の土手で夕日を見つめていた。

ときおり、犬の散歩をするひとが河原《かわら》を歩いていく。夕日に染《そ》まって、雲湧川の水面《みなも》がきらめいた。

夢《ゆめ》のなかで見たのとは、まったくちがう景色が広がっている。けれど空は、めったにないような、それはあざやかな夕焼けだった。

土手から桜坂《さくらざか》にまわった。冬枯《ふゆが》れの大桜があやうさを秘《ひ》めているように見えるのは、気のせいだろうか。

ばらばらっと、数人の少年たちが桜坂をかけおりてきた。先頭に立っていたのは床《とこ》屋《や》の息子《むすこ》の大輝《だいき》だ。

希世《きせ》は幻蔵《げんぞう》のいっていたことを思いだした。

敵は、床屋に火をはなつつもりだぞ。

希世が声をかけると、大輝が足を止めた。

「なに?」

「ちょっといい?」

少年たちは顔を見あわせて、ほかの子たちはそのまま角をまがってかけて行った。

大輝と、弟の光《ひかる》が残って希世を見つめる。

「あの地上げ屋たち、まだ来てる?」

「毎日来るよ」と光が答えた。「あいつら、うちを燃やすつもりなんだ」

大輝が（よけいなことをいうな）と光をつっつく。

「なんだよう、桜《さくら》のおばさんがいってたじゃないか」

光がくちびるをとがらす。大輝がきっとなって光をたたこうとしたので、希世はあわてていった。

「それって、お父さんが描《か》いた絵のひと?」

大輝が眉《まゆ》をつりあげた。光が「知ってるの?」と目を丸くする。

希世はだまってうなずいた。大輝が鼻の穴《あな》を広げた。

「オレたち、交代で見はることにしたんだ。ぜったい店は守ってみせる」

「そう」

「で、なんなの?」

注意をする必要がなくなったので、希世は署名《しょめい》活動の紙をカバンから取りだした。

「これ、伏戸《ふせど》に自然を取りもどそうっていう署名運動なの。よかったら、名前と住所書いてくれる?」

「なんだ。こんなもん、とっくだよ」

「え」

「うちの父ちゃん、支部長だもん」と、光が胸《むね》をはる。

「用はそれだけ？　じゃ、いそがしいから」

大輝《だいき》と光はぱっとかけだした。希世《きせ》はふたりのうしろ姿《すがた》を見送る。

（みんな、たたかってるんだ……）


家の門をくぐると、桜《さくら》の木の様子がかわっていることに気づいた。幹《みき》には霜《しも》よけのこもが巻《ま》いてある。庭師でも呼《よ》んだのか、庭はあきらかにひとの手で整えられていた。

希世は家に入って、母に声をかけた。

「ねえ、桜の木、どうしたの」

「ああ、庭がすっきりしたでしょう」

「すっきりしたっていうか……。あれ、誰《だれ》がやったの？」

「通りすがりの庭師さん」

「通りすがりの庭師さんって、なにそれ」

「それがいい男だったのよ。いなせにお仕着せを着て。ちょうど庭にでてたら『いい桜なのに、もったいないですね。ちょっと手入れさせてもらえませんか。お代はいりませんから』って」

「それ、なんかできすぎてない？　新手《あらて》の詐欺《さぎ》かなんかじゃないの。お母さん、知らない人を勝手に家に入れちゃだめだよ。お父さんも、しょっちゅうそういってるじゃない」

「だって」

母親はほっぺたをふくらませた。

「すごくいいひとだったのよ。いまどきの若《わか》いひとにはめずらしく、お行儀《ぎょうぎ》もよくて。だから入れ墨《いずみ》なんかするのよしなさいって、お説教してあげたの」

（入れ墨）

希世はもしやと思った。「入れ墨って、どんな？」

「クモの入れ墨。せっかくいいからだしてるのに、もったいない。なんであんな……」

「髪《かみ》の毛、白く染《そ》めてた？」

「髪《かみ》の毛は手ぬぐい巻《ま》いてたから、見えなかったけど。なあに、知ってるひと?」

希世《きせ》はぶんぶん首を横にふった。(きっと幻蔵《げんぞう》だ。まちがいない)と思いながら。

「二十代に見えますねなんていわれちゃったから、希世ちゃんのおやつのクッキーあげちゃった。ココアだけでいい?」

希世の返事を待たず、母は上機嫌《じょうきげん》でココアをいれてくれた。

「それで、彼氏《かれし》は元気?」

「お母さん。安藤《あんどう》くんはわたしの彼氏じゃないってば」

「なによ、てれなくていいじゃない」

「それよりお母さん、伏戸《ふせど》の緑化運動の署名《しょめい》ってもうした?」

「ああ、そういえば回覧板《かいらんばん》がまわってきたわね。いちおうしたと思うけど」

「いちおうって」

「だってああいうのって、やっても無駄《むだ》ってことが多いでしょう。けっきょく、お金の動くほうに人は動くんだから。そりゃあママだって緑の多い街《まち》のほうがいいわよ。

だけど、世の中思いどおりにはならないのよね」

希世は、ココアのカップをじっと見つめた。

（そう。こんな言葉を、ずっと聞いてきたんだ。しょせん、世の中思いどおりになりはしない。どうせ、わたしはひとりではなにもできっこないんだって……）

母がいった。

「でも安藤くんってきれいな顔してるわよね、色がまっしろで。悪いけど、お母さんのトシちゃんには全然似てないわよ。トシちゃんは色黒でずんぐりむっくりだったもの」

「……」

「安藤くんに似た俳優《はいゆう》さんっているわよね。安藤くんを見てると、昔見た映画を思いだしちゃって」

「なんて映画？」

「題名は忘《わす》れたけど、日本映画で、時代劇《じだいげき》っぽくてなんか幻想的《げんそうてき》なやつ。桜《さくら》の精《せい》が四人でてくるのって知らない？」

希世《きせ》は母の顔を見なおした。くわしく聞いてみると、それはまさしく方陣《ほうじん》の四本桜が集まった場面としか思えなかった。

（映画。ほんとうに映画だろうか。もしかして、お母さんは子どもの頃《ころ》に自分で見たことを映画だって思いこんでいるんじゃないだろうか）

（お母さんが安藤《あんどう》くんに似てるっていうのは、東の桜《さくら》のことなんだ）

ふいに、母がぱん！と手をたたいた。希世はぎょっとして母を見た。母は会心の笑《え》みをうかべている。

「なんなの？」

「わたしの正しさが証明されちゃったぁ」

いまにも踊《おど》りださんばかりに母はいった。「ほら、あの子守歌。パパが聞いたことないなんていってたじゃない。ところがどっこい、ちゃんとある歌だったのよ。いま思いだしたわ。だって映画のなかでも、桜の精《せい》たちが歌ってたんだから！」

そして母は、『さくらまつり』を最後まで歌ってみせた。

24

暗闇《くらやみ》のなか、希世《きせ》はベッドに横たわっていた。押《お》すとライトがつくようになっている目覚まし時計を見ると、午前二時をしめしている。
ふとカーテンを見て、希世は目をこすった。午前二時にしては、カーテンをすかすひかりがやけに明るい。
カーテンをあけた希世の目にうつったのは、血のように紅《あか》く燃える夕焼けだった。真冬だというのに庭には花が咲《さ》きみだれている。桜《さくら》の木だけは裸《はだか》だったが、霜《しも》よけはなく、力強く枝《えだ》を広げていた。
(なんなの、これ?)

希世はガウンをはおり、自分の部屋をでた。家のなかはしんとしている。両親の寝《しん》室《しつ》をのぞいてみたが、ベッドはもぬけのからだった。きちんとカバーがかけられ、使っていたような形跡《けいせき》がない。花柄《はながら》のカバーはひんやりとしている。

胸騒《むなさわ》ぎがして、希世は階段《かいだん》をおりた。階下もがらんとして、なぜかよそよそしい感じがした。やはり両親はどこにもいない。

希世はサンダルをつっかけて庭へでた。寒さは感じなかった。家の門を越《こ》えて道にでると、そこは疎水《そすい》が流れる、夢《ゆめ》のなかの世界だった。

夕焼けがあまりにもあざやかで、かえって不安をかきたてる。

(いったい、どうなっているんだろう)

「早く、早く」

柳《やなぎ》のしたで、アオガエルがぴょこりとはねた。

「早くしないと、東の桜があぶないよ」

(安藤《あんどう》くん)

希世《きせ》はカエルを追ってかけだした。走りにくいので、サンダルはほうりだして、はだしでかける。

四《よ》つ辻《つじ》で、糸の幻蔵《げんぞう》がひざをついていた。そこに倒《たお》れているのは、血《ち》の気《け》のなくなった寿和《としかず》だ。

「安藤《あんどう》くん！」

希世は息を切らしてかけ寄った。「安藤くん、だいじょうぶ？」

幻蔵は眉間《みけん》にしわを寄せている。「ヒトギツネに襲《おそ》われたのだ。まずいな、深手《ふかで》を負っている」

寿和はぐったりとしている。服はひきさかれてぼろぼろになり、ぱっくり割《わ》れた傷《きず》口《ぐち》から血があふれだしていた。

希世は、心臓《しんぞう》をわしづかみにされたようにわななないた。

「安藤くん、しっかりして！」

幻蔵は寿和の傷口をしばり、すばやく手当てをほどこした。

「しっかりしろ、希世。こやつは、このままでは助からぬ。そうなれば桜に転生することもかなわない。この男が恋《こい》しくば、みごと望みをかなえてやれ。桜巫女《さくらみこ》のおまえにしか、それはできないことなのだ」

「いや」

希世はあえぐようにいった。

「それはいや。幻蔵、お願い。安藤くんを川へつれて行って。川の水につければ傷が治《なお》るんでしょう」

幻蔵は希世を見つめた。

「お願い」と希世はいった。

なにもいわず、幻蔵は寿和を抱《だ》きあげた。希世がほっとしたのもつかの間、ケケケケケ……と笑《わら》い声《ごえ》があがった。

「そうはさせぬわ！」

赤い目がきらめき、ヒトギツネの群れが姿《すがた》をあらわした。わらわらと、東への道をふさぐ。

「桜《さくら》の方陣《ほうじん》を立てなおすなど夢《ゆめ》のまた夢よ。東の桜が、二度と咲《さ》くことはない」

「あきらめるのだな、土蜘蛛《つちぐも》。しょせん、その娘《むすめ》はなにもできはしないのよ」

ヒトギツネたちはじりじりとつめ寄ってくる。

「おまえがたたかうのだ、希世《きせ》」

寿和《としかず》をかかえた幻蔵《げんぞう》はいった。「桜巫女《さくらみこ》の声に、ヒトギツネはさからえぬ」

一匹《ぴき》のヒトギツネが目をらんらんとひからせて、希世の前に飛びだした。

「へえ、おれたちに命令しようっていうのかい。できるものならやってみろ。そのちっちゃな目玉をくりぬいてやるからな」

ヒトギツネの口もとは、血で汚《よご》れていた。

寿和の血。

その血を見たとき、希世の形相《ぎょうそう》がかわった。

「お、だ、ま、り」

深々と息を吸《す》いこんで、希世はいった。幻蔵が眉《まゆ》をあげた。それはいつもの希世の声にはない響《ひび》きをはらんでいた。

ひとりの声ではない、何人もの女たちの共鳴する声。

ヒトギツネは、いっしゅんたじろいだ。それでも牙《きば》をむいて、脅《おど》しの言葉を返そうとする。けれどもれてきたのは、しゅうしゅうという歯ぎしりの音だけだった。

ヒトギツネは顔をゆがめて、希世に飛びかかろうとする。希世は言葉を投げつけた。

「動くな！」

共鳴する声が、ヒトギツネの動きを封《ふう》じこんだ。くやしげに、ヒトギツネがぼうっと青い炎《ほのお》をはく。ほかのヒトギツネたちも、背中《せなか》を丸めたまま、身動きできずによだれをたらしている。

希世は息を吸《す》いこんだ。感じたことのないような力が、からだのなかからわきあがってきた。自分はひとりではない、という思いが細胞《さいぼう》のすみずみを満たしていく。

こぶしをにぎりしめて、希世はたかだかと叫《さけ》んだ。

「道をあけよ！」

ヒトギツネたちは怒《いか》りに燃えてしゅうしゅうと息をはいた。けれど見えない手で押《お》されたように、じりじりと群れが二手にわかれていく。

「希世《きせ》。いまだ」

幻蔵《げんぞう》の合図《あいず》で、希世はヒトギツネの間をかいくぐった。幻蔵がぴったりとあとについてくる。

ヒトギツネの囲いを逃《のが》れ、希世たちは川へひた走った。しばらくすると、寿和《としかず》がきれぎれの声をあげた。

「だ……いじょうぶ。ひとりで、歩ける」

希世の呪縛《じゅばく》がとけたのか、後方からヒトギツネたちの凶暴《きょうぼう》な吠《ほ》え声が聞こえた。それに呼応《こおう》するように、四方からも遠吠えが響《ひび》いてくる。

幻蔵は寿和をおろすと、希世にいった。

「わたしはここでやつらをくい止める。先へ行け」

よろめく寿和を支えて、希世はうなずいた。

(早く。雲湧川《くもわきがわ》へ)

「安藤《あんどう》くん、がんばって。もうすぐだから」

はやる心を押《お》さえて、一歩一歩川をめざしてすすむ。ようやく土手が見えた、と思ったとき。

音もなく、うす衣《ごろも》をつけたひとが行く手をふさいだ。

(東の桜《さくら》)

寿和ががくりとひざを折《お》る。希世はなんとか支えようとした。けれど寿和はそのまま、ぐったりと地面に横たわってしまった。

「安藤くん、しっかりして!」

希世は寿和にすがりついた。

「安藤くん。だめ。死なないで。死んじゃだめ」

「ならば転生を」と、東の桜はいった。

「いたましきこと。ひととして生まれて、この子はこれまで、どれほどの苦しみを味わってきたことか。桜となれば、たとえ現し身《うつみ》は滅《ほろ》びようと、魂《たましい》がつぶれることはないものを。桜巫女《さくらみこ》よ、そなたは声を取りもどした。さあ、『さくらまつり』を寿《ことほ》いで、われらをひとつにしておくれ。そうすれば雲取神社に、東の桜がよみがえる。これは定められたこと。そなたの祖先はこの日を予見して、桜の囲いを作ったのじゃ」

「あなたにはわたさない」と、希世《きせ》は叫《さけ》んだ。

「お願い、あきらめて。安藤《あんどう》くんから手をひいて。早く川に行かないと、安藤くんが死んじゃう」

東の桜は、なおも希世にせまってくる。

「わたくしとその子はふたりでひとつ。滅びるときは、ともに滅びる。東の桜が魂をなくせば、そなたの隣人《りんじん》たちもむなしくなろう。桜巫女よ、それでいいのか」

寿和《としかず》のからだから、命がひいていくのを希世は感じた。

「ごめん」

誰《だれ》にともなくつぶやくと、寿和の目から一筋《ひとすじ》の涙《なみだ》がつたい落ちた。そのまま、寿和はがっくりと首をたれる。

はらり。桜が散るように、東の桜もその場にくずおれた。

「これまで、か……」

東の桜はうめくようにいった。

「くちおしや。この荒廃《こうはい》も、すべてはひとの心のせい。桜巫女《さくらみこ》は消え、われら桜は散っていく。常世《とこよ》の里《さと》もやがては滅《ほろ》び去りましょう」

望みをうしなった東の桜のおもざしは、寿和とおなじだった。希世の胸《むね》のなかで、なにかがことりと音を立てた。

きみにならできるよ、きみにしかできない。

寿和の言葉がよみがえる。寿和の髪《かみ》をなでて、希世は立ちあがった。

「待って。わたし、やる。桜の魂《たましい》を安藤くんからあなたに返す。東の桜としてよみがえり、どうか方陣《ほうじん》を守って」

「おお」

東の桜《さくら》が、ゆらりと顔をあげた。

「でも、安藤《あんどう》くんの命はわたさない」

希世《きせ》はこぶしをにぎりしめた。

「わたしは、二度と夢《ゆめ》からさめなくてもかまわない。このまま死んでしまってもいい。そのかわりに、安藤くんが助かるなら」

東の桜がかすかにたじろぐ。希世はいった。

「やってみせる。生まれてはじめて、ほんとうに好きになったんだもの。どんなことをしても、安藤くんは守ってみせる」

そして希世は、『さくらまつり』を歌った。

生まれては消え　消えては生まれ
光は影《かげ》に　影は光に　いれかわるかわるいれかわる

常世《とこよ》の里《さと》のたよりとて　この世の春にたまこめて
みごと夢《ゆめ》を咲《さ》かせましょうぞ！

歌い終わった希世は、ぎゅっと目を閉《と》じた。

息をつめ、やがて耐《た》えきれなくなって目をあける。

寿和《としかず》のからだは無防備《むぼうび》に投げだされたまま、東の桜もそのとなりにがっくりと身を横たえている。

希世は身じろぎもせず、なにごとかが起きるのを待った。

けれどいつまで待っても、なにも変化は起きなかった。

（うそ。どうして？　歌の言葉があっていないの？）

（それとも、わたしにはやっぱり、桜巫女《さくらみこ》の力がないんだろうか）

なすすべもなく、希世は動かない寿和の顔を見つめていた。どこからともなく飛んできた桜の花びらがひとひら、寿和の髪《かみ》を飾《かざ》る。

「自分で作るんだよ」という声がして、希世《きせ》はまばたきをした。

白いブラウスにひだスカートをはいたお下げの少女が、いつのまにか希世のとなりにしゃがみこんでいる。

(誰《だれ》?)

その子はひとりごとのようにつぶやいた。

「おしまいはいつだって、あたらしい桜巫女《さくらみこ》が作るんだよ。ふるい枝《えだ》に、あたらしい花を咲《さ》かせる。『さくらまつり』はそうやって伝えてきたんだから。だけどわたしは、誰にも教えてあげないんだ。土蜘蛛《つちぐも》はいなくなっちゃったし、わたし以外の子が、桜巫女になるなんていやだもの」

つんと顔をそらして、少女はそういった。そして鼻歌を歌いながら、暗がりに姿《すがた》を消した。

希世の耳に、近づく戦闘《せんとう》の気配がすべりこんできた。ヒトギツネのうなり声があたりの空気をかきみだしている。もう一刻《いっこく》の猶予《ゆうよ》もない。希世は勇気をふりしぼって、もう一度『さくらまつり』を歌った。それは希世の声であり、希世の声ではなかった。いくつもの声が共鳴して、希世の意思より強い力で、言葉が生まれてくる。

生まれては消え　消えては生まれ
光は影《かげ》に　影は光に　いれかわるかわるいれかわる
常世《とこよ》の里《さと》のたよりとて　この世の春にたまこめて

希世は歌った。自分の命を寿和《としかず》の命にひきかえると誓《ちか》って。

わが思いとともに　みごと千年の桜となれ！

歌い終わった希世は、ばったりとその場に倒《たお》れた。
ふっと、かすかなほほえみが寿和の顔にうかんだ。

ほのかにひかるひかりの玉が、寿和《としかず》のからだからぬけだした。東の桜《さくら》がそっとそれを抱《だ》きしめ、自分のからだにしまいこむ。

東の桜は、深い吐息《といき》をもらした。もうろうとしながら、希世《きせ》は見た。満開の桜が、忽然《こつぜん》とあらわれるのを。

桜はこうこうとひかりをはなち、枝《えだ》をそよがせている。ひかりはしだいに強さをまし、希世はひかりしか見えなくなった。

25

「それにしても、なんの因縁《いんねん》だろうねえ」

床屋《とこや》のおじさんがいった。

いつもの斉藤《さいとう》理《り》髪店《はつてん》。希世《きせ》は顔そりをしてもらっている。

「川辺《かわべ》のトシちゃんが神かくしにあって、その息子《むすこ》がまた神かくしにあうなんてねえ。見つかった場所もおなじで、雲取《くもとり》神社に倒《たお》れてたっていうんだから。で、やっぱり記《き》憶《おく》がなかったんでしょ?」

「ええ。なんでこんなところにいるのか、まるでわからなかったらしいです」と希世はいった。「行方不明になる前のこと、引《ひ》っ越《こ》して戸定《とじょう》中学に来てからの記憶が、いっさいなくなっていたんです。わたしのことも、まるでわからなかったんですよ」

赤の他人を見るように自分を見た寿和《としかず》を思いだして、希世《きせ》は胸《むね》の奥《おく》がひりりと痛《いた》む。

床屋《とこや》のおじさんは首をふった。

「あれだね。ショックによる記憶喪失《きおくそうしつ》ってやつだ。よりによって、希世さんの同級生とはねえ。で、いまはどうしてるの？」

「転校しちゃいました。引《ひ》っ越《こ》し先は知らないけど」

「それもおなじなりゆきだよねえ。ほんとに、なんの因果《いんが》だか」

料金をはらって、希世は床屋《とこや》をでた。まあたらしい犬小屋をのぞいて、シェパードの子犬をなでる。犬小屋には「ボスのいえ」とある。

少年たちの連携《れんけい》プレーもあり、理髪店《りはつてん》に放火しようとした犯人《はんにん》は現場で逮捕《たいほ》された。そこから区画整理をめぐる汚職《おしょく》事件が明るみにでて、市議会はいま大揺《おおゆ》れだった。稲《いな》尾《お》建設からの賄賂《わいろ》を受け取った議員が、辞職《じしょく》するのしないのという騒《さわ》ぎになっている。亜楠《あなん》の父親は責任を押《お》しつけられたかっこうで、稲尾建設を退社《たいしゃ》した。

希世は遠まわりをして家へ帰った。時は三月。桜坂《さくらざか》の大桜は三分咲《さんぶざ》きだ。しばらくすれば、みごとな盛《さか》りを迎《むか》えるだろう。

希世は雲取神社への道を歩く。コンクリートにおおわれた道でも、わずかな地面から春の野花が顔をだしている。

途中《とちゅう》にある墓所《ぼしょ》には、榊原家《さかきばらけ》代々の墓《はか》があった。希世は祖母の墓にお参りした。

誰《だれ》が供《そな》えてくれたのか、小菊《こぎく》があがっている。

祖母が亡《な》くなったのは、希世が東の桜を転生させた夜だった。

（ありがとう、おばあちゃん）と希世は手をあわせる。

（あのとき、女の子の姿《すがた》で教えに来てくれたのはおばあちゃんなんでしょう。わたし、おばあちゃんがわたしの身代わりになってくれたんだと思ってる。おばあちゃんや、これまでの桜巫女《さくらみこ》たちのおかげで、わたし、むこうの世界から帰ってこれたんだよね。そうでしょう？）

問いかけても答えは返ってこない。もっと早く、祖母といろいろな話をしておけばよかったと希世《きせ》は後悔《こうかい》している。

希世は神社へ足をむけた。ひっそりとした境内《けいだい》。あらたに御幣《ごへい》で仕切られた一角には、芽が吹《ふ》きだしている。

(東の桜《さくら》。この桜が咲くまで、何年かかるんだろう)

春の息吹《いぶき》をふくんだ風が、希世のほほをなでて通りすぎる。

けっきょく希世も寿和《としかず》も、夢《ゆめ》の世界から生きてもどってくることができたのだ。

寿和の失踪《しっそう》事件はマスコミに取りあげられ、再会した親子の姿《すがた》がテレビにうつしだされた。「息子《むすこ》がやっと帰ってきた」と寿和の母は泣《な》いていた。連日起きる事件に押《お》されて、そのことはすぐに人々の記憶《きおく》から消えてしまったけれど。

寿和は記憶をうしない、希世は常世《とこよ》の里《さと》の夢を見ることはなくなった。あのときを境《さかい》に、なにかがかわったのだ。寿和はたんに記憶をなくしたわけではない、と希世は感じた。

(安藤《あんどう》くんは、もうわたしの知っている安藤くんじゃなかった。わたしにはわかる。

わたしが好きだった安藤くんは、もういない)

亜楠《あなん》は寿和に記憶を取りもどさせようとしたが、希世はそれを押《お》しとどめた。希世が恋《こい》したのはひとではない。初恋の相手は桜の精霊《せいれい》だったのだ。

寿和は転校し、『まほろば』のハルもふっつりと姿を消した。

(幻蔵《げんぞう》は、どうしているんだろう。おりゅうさんにも、もう会えないのかな。それともみんな、ほんとうに夢まぼろしのことだったのか)

なにごともなかったように、中学での日常はすぎていく。寿和には、もう二度と会うことはないのだろう。希世はただ、彼《かれ》の幸福を心から祈《いの》った。

26

春休みの一日。待ちあわせて映画を見た希世《きせ》と亜楠《あなん》は、『まほろば』でお茶をすることにした。

ふたりはアイスティーを頼《たの》んだ。映画の批評《ひひょう》をひとしきりしたところで、亜楠がいった。

「こないだ、おかしな夢《ゆめ》をみたんだ」

「ふうん。どんな夢?」

めずらしく、亜楠がためらうような様子を見せる。

「うん。なんか、ちっちゃな神社なんだけどさ。満開の桜《さくら》があって、それがすっごくきれいなのね。こう、ぱあっとひかってて」

希世の動きが止まる。亜楠は話しつづけた。

「それでさあ、なんでか知らないけど、安藤《あんどう》がでてきたわけよ」

そこで、亜楠が希世をちらりと見る。「ほんとにさ、安藤が夢にでてきたことなんかないんだよ。はじめてで、なんでだろうって思ったんだけど」

「べつにいいよ。安藤くんのことは、もうなんとも思ってないし。それで?」

亜楠は鼻の横をぽりぽりかいた。

「うん。それで、希世に伝えてほしいことがあるっていわれてさ」

とくん、と希世の胸《むね》が鳴る。亜楠はアイスティーをすすって、なおもためらうように希世を見た。希世はじっと待っている。

「『毎年、春になったら会いに来る』って伝えてくれっていうんだ。『ぼくはきみの世界に、花になって会いに行く。桜の花を見たら、どこの木であろうと、それがぼくだと思ってほしい』って、なんのことだか……」

亜楠《あなん》はそこまでいって、大きな瞳《ひとみ》をいっそう見ひらいた。

「うわ、ごめん。ごめん、希世《きせ》、泣《な》かないで」

亜楠はこぶしで自分のこめかみをたたいた。

「ごめん。安藤《あんどう》の話なんてだしたあたしがバカだった。ほんとごめん」

「だいじょうぶ。泣いてないって」

ぼろぼろとあふれでる涙《なみだ》をぬぐって、希世は答えた。

「泣いてない。泣いてないよ」

(まいったなあ。桜《さくら》を見るたびに涙が止まらなくなっちゃうじゃない)

涙ににじむ希世の目の前に、ことり、とグラスが置かれた。

つづいて亜楠の前にも。「ぼくからのサービス」という声に、希世は顔をあげた。

「ハル」と、亜楠は声をあげた。「なんだ。やめたんじゃなかったの?」

「あれ、もしかしてさみしがってくれてた?」とハル。「ちょっとぶらぶらしてたんだけど、心の広いマスターに、またひろってもらっちゃった」

「へえ。会えなくてさみしかったのは、そっちなんじゃない?」

亜楠がハルをからかう。希世は信じられない思いで、ハルの顔をまじまじと見つめた。

(幻蔵《げんぞう》)

「ぼくの顔、なんかついてる? それよりハル特製のオリジナル・カクテルをためしてみてよ」

グラスで気泡《きほう》をあげているのは、きれいなピンク色のカクテルだ。

「あのさ、あたしらが未成年だってこと忘《わす》れてない?」と亜楠がいう。

「ご心配なく。ノンアルコールのカクテルでございます」

亜楠はカクテルをまじまじと見つめ、一気に飲みほした。ハルにうながされ、希世も口をつける。からだにひかりがしみわたっていくような気がした。

「わるくないね」と亜楠はうなずいた。「で、なんていう名前のカクテルなの?」

「ハル・スペシャル」

「うわ。却下《きゃっか》」と亜楠《あなん》。

希世《きせ》は胸《むね》の鼓動《こどう》が高鳴るのを感じた。「わたしが名前をつけてあげる」と、まっすぐにハルを見つめる。

「桜《さくら》の雫《しずく》」

「いいね、それ。決まり」と亜楠がいった。

「では、おおせのままに」

アイスティーのグラスをさげながら、ハルが希世にウインクをした。

小森香折

こもりかおり

1958年、東京都生まれ。
学習院大学大学院博士後期課程修了。
ちゅうでん児童文学賞、新美南吉児童文学賞などを受賞。
作品に、
『そばにいてあげる』（木内達朗・絵、原生林）
『ブラック・ウィングス集合せよ』（解放出版社）以上筆名は橋本香折
『ニコルの塔』（BL出版）
『おそなえはチョコレート』（BL出版）
翻訳に、
『ネズミだって考える』（F・ヴァーレ・文、V・バルハウス・絵、BL出版）、など。
千葉県市川市在住。

木内達朗

きうちたつろう

1966年、東京都生まれ。
国際基督教大学、Art Center College of Design卒業。
ボローニャ国際絵本原画展入選、講談社出版文化賞さしえ賞などを受賞。
作品に、絵本
『氷河ねずみの毛皮』（宮澤賢治・文、冨山房）
『ゆき ふふふ』（東直子・文、くもん出版）
『のっていこう』（木内達朗・作／絵、福音館書店）
漫画に
『チキュウズィン』（新潮社）、など。
東京都世田谷区在住。

さくら、ひかる。
2006年3月10日　第一刷発行
2011年4月10日　第二刷発行

作――小森香折
絵――木内達朗
発行者――工藤俊彰
発行所――BL出版株式会社
神戸市兵庫区出在家町2-2-20　電話078-681-3111
印刷所――株式会社図書印刷同朋舎
製本所――株式会社ハッコー製本
装幀――杉浦範茂
編集――成澤栄里子

ISBN 978-4-7764-0170-4 NDC913 279P 20cm

BL出版の児童文学

五月の力

作 小森香折 ✚ 長新太 絵

6年2組、担任が登校拒否。かわりの教師がきてから、さつきには見えないはずのものが見えるようになる。そして、台風の夜、事件がおきた。

さらわれる

作 岩瀬成子 ✚ 長新太 絵

父の死で転校した芽衣は、新しい友だちとうまく気持ちがつうじないまま、知り合いの男の子の行方不明事件にのめりこむ。あの老人が怪しい……。

ゲキトツ!

作 川島誠 ✚ 長新太 絵

「フォワード失格」の陽平が急に活躍できるようになったのは、超能力のおかげ!? でもその力は、陽平の意思ではコントロールできなくて……。

魚だって恋をする

作 今江祥智 ✚ 長新太 絵

あの少女は、腕がたつ! そのうえ少女の祖父と新太郎の父親には、何か因縁があるらしい……。もやもやした気持ちを抱えて、新太郎、どうする?

ニコルの塔

作 小森香折 絵 こみねゆら

修道院学校での静かな生活。だがそこには、大きな秘密が隠されていた。その秘密にただ一人気づいたニコルに危険が迫る。ニコルの運命は?

第5回・ちゅうでん児童文学賞大賞受賞

第22回・新美南吉児童文学賞受賞

キス

作 安藤由希 絵 ささめやゆき

三人の中学生が抱えるそれぞれの〝事件〟。そして三人が出会った三つの〝キス〟とは。——あたたかな気持ちを届ける、三つの話のオムニバス。

第6回・ちゅうでん児童文学賞大賞受賞